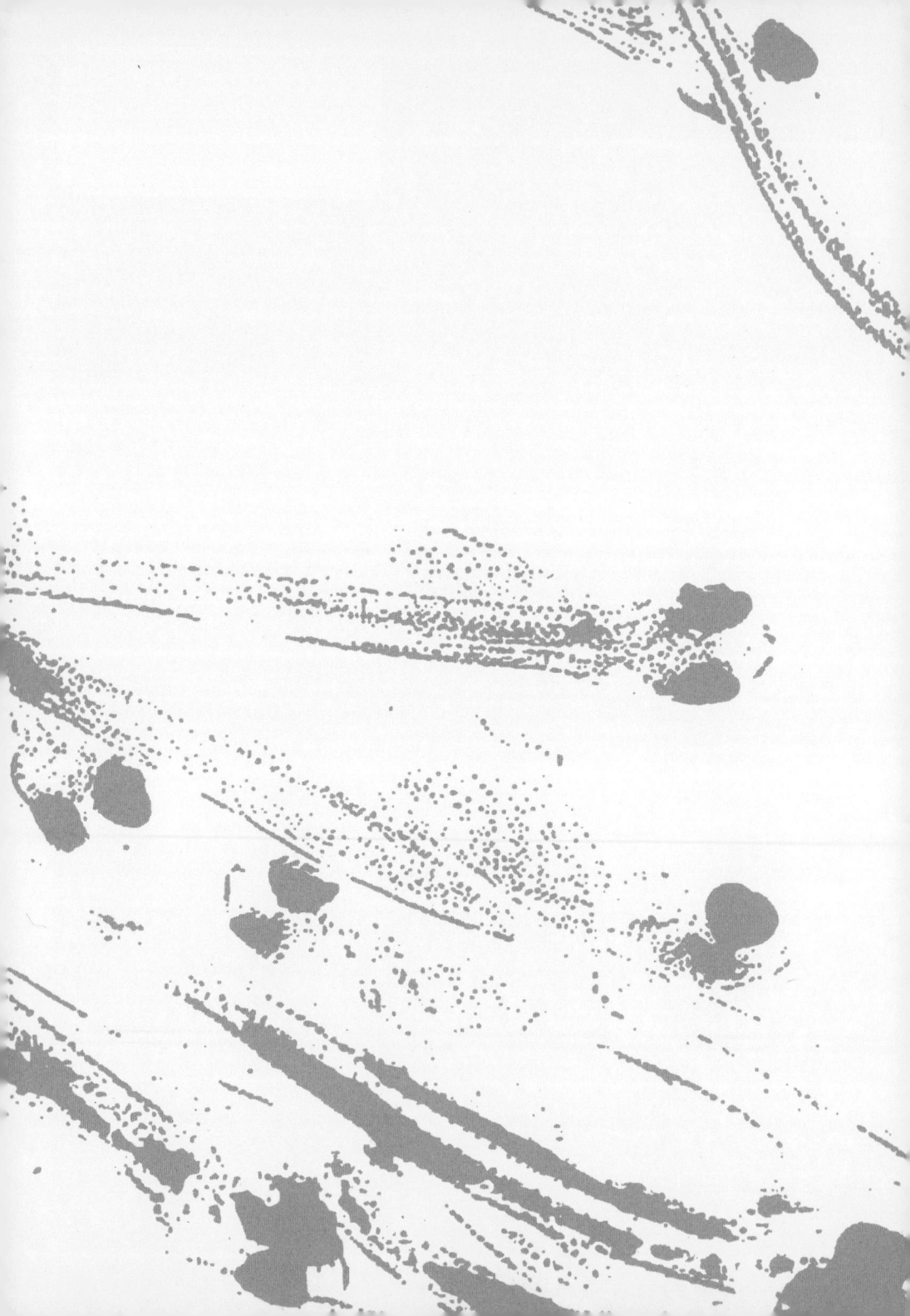

레닌 공원이 어둠을 껴입으면

실천시선 195

레닌 공원이 어둠을 껴입으면

2011년 9월 23일 1판 1쇄 찍음
2011년 9월 30일 1판 1쇄 펴냄

지은이   임윤
펴낸이   손택수
주간   이명원
편집   이상현, 이호석, 박준
디자인   풍영옥
관리 · 영업 김태일, 이용회

펴낸곳   (주)실천문학
등록   10-1221호(1995.10.26.)
주소   우121-839, 서울시 마포구 서교동 478-3 동궁빌딩 501호
전화   322-2161~5
팩스   322-2166
홈페이지   www.silcheon.com

ⓒ 임윤, 2011

ISBN 978-89-392-2195-6 03810

이 시집은 2008년 한국문화예술위원회의 문예진흥기금을 받았습니다.

이 도서의 국립중앙도서관 출판시도서목록(CIP)은
e-CIP홈페이지(http://www.nl.go.kr/ecip)와
국가자료공동목록시스템(http://www.nl.go.kr/
kolisnet)에서 이용하실 수 있습니다.
(CIP제어번호:CIP2011004377)

실천시선

195

레닌 공원이 어둠을 껴입으면

임윤

실천문학사

차례

제2부

제3부

제4부

제
1
부

여름은 가늘다

허공으로 쑥쑥 내민 손

낭창낭창 가는허리

철새들이 남쪽 향해 깃털 고르면

사할린의 풀들은 마음이 바빠진다

항로

통조림용 빈 깡통 신고 동해를 헤엄쳐
달포 만에 코르사코프 항에 닿은 화물선
낯설지 않은 파도의 손짓
굴곡진 파랑의 연대기도 기억 할
항로의 힘줄 단단히 움켜잡는다
귀신고래 울음이 가늘게 들려오는 바다
밤의 채도에 차곡차곡 눌려 깊이를 줄여본다
비닐 랩으로 친친 감긴 빈 깡통들
겉면에 그려진 연어들이 불빛에 파닥인다
자작나무 즐비한 아무르 강 건너
모스크바로 이어질 시베리아 횡단철도
또다시 낯선 길 떠나야 할 연어들
파렛트 이고 진 트레일러가
행렬 이루어 사할린스크로 떠난 뒤
텅 빈 갑판 위에 갈매기 울음이 쌓인다
망향의 언덕에 세워진 위령탑
접었던 지느러미 펼쳐 출항 준비 마치고

징용 세대 노인들은 영구 귀국을 서두른다
강을 떠났다 강으로 돌아오고
바다에서 왔다가 바다로 돌아갈 연어들
수평선 너머 가쁜 숨들이 꿈틀거린다

자작나무 빗자루

도끼로 장작을 쪼개면
자작자작 쏟아지는 햇살
새끼손가락 굵기 가지만 묶어
건식 사우나 벽에 걸어둔다
페치카 장작불에
맥반석이 후끈 달아오른다
천 근 무게가 걸린 등짝이
나른해지는 저녁나절
자작나무 빗자루를 물에 적셔 흩뿌리면
화르르 피어오르는 수증기
등짝에선 순식간 땀이 흐르고
빗자루로 온몸을 두드린다
이파리에서 돋아나는 숲 향기가
맨살 파고들어
한 계절 머금었던 햇살들이
타닥타닥 튀어 오른다
무릎 관절 두드리고

어깨 두드리고
건조한 공기에 후줄근 늘어진
이국의 가을을 두드린다
진눈깨비가 쏟아져 내리는
영하로 떨어진 사할린의 밤
공허하게 들려오는 시베리안 허스키 짖는 소리
며칠쯤은 부단히 견딜 수 있을 것 같다

검은 눈동자

레닌 공원이 어둠을 껴입으면
눈이 총총한 삿포로나이트클럽
보드카 홀짝거리는 흑요석이
깜빡깜빡 속눈썹으로 획을 긋는다
이반 레브로프 음악에 맞춰 춤추는
형형색색 회전 조명등
바람둥이 러시안 남편을 떠나
포로나이스크에서 기차를 타고 온
아버지 어머니 발음만 기억하는
올가라는 이름의 카레이스키 여인
유랑의 피가 흐르는 도시에서
그녀는 새까만 집시 여인이 된다
병원에 있는 아버지가 쿨럭이고
돌 지난 아이 울음이 귓바퀴에 걸린다
마지막 유목민이 되기 위해
흐느적흐느적 깊어가는 밤
눈동자에 갇힌 어두운 기억 지우려

빙글빙글 춤추는 흑요석 여인
오치 쵸르니예*

_____

* 검은 눈동자.

겨울 하바롭스크

며칠째 눈이 흐르네

하늘에서 바라본 아무르 강

두루마리 화장지를 풀어놓은 것 같다네

허공에 걸린 눈길 헤치면

눈 속으로 지워지는 붉은 벽돌

도로 양쪽으로 키보다 높게 쌓인

설벽이 눈의 길이네

눈발만이 그 길을 달려간다네

한 폭 화선지

설원에 죽죽 그어진 침엽수들

블라디보스토크에서 출발하는 횡단열차를 타고

비쳅스크가 보일 때까지 잠들고 싶지 않네

우— 우 늑대가 우짖는 저녁나절

박명에 비친 흰자위와 가지런한 치아를 보면서

눈에 묻힌 샤갈의 마을에 닿고 싶다네

눈보라도 기차도 서쪽으로 덜컹대는데

시베리아 겨울 숲이

화선지를 찢을 것만 같아
그만 아무르 강가에 멈춰서고 말았네

난바다에 출렁이는 눈동자

　날카로운 시선 내리꽂는 쿠릴 햇살, 댓잎엔 북양의 바람 파르르르 소리칩니다

　수평의 정곡 찌른 칼데라의 기세에 벌거숭이가 되어 몽돌해변 온천에 닻을 내렸지요

　하반신 담근 갈비뼈 드러난 난파선, 뻥 뚫린 옆구리로 삼켰다가 뱉어내는 갈매기가 파도에 밀려온 죽은 연어를 쪼아댑니다

　가벼워진 너의 몸에서 자작나무 향기가 돋는구나 갈매기 떠나면 바람만이 속살을 발라내겠구나

　노천에 휘몰아치는 눈발 혓바닥으로 받아내며 북양으로 떠난 연어를 생각합니다

　샛강의 냄새 잊지 않으려 지느러미 가다듬었을 연어들

　오호츠크 바다에 검은 빛이 번지고 자이로스코프에서 노려보는 태풍의 외눈, 선창엔 박명을 등진 거친 파도가 울부짖습니다

　짧은 포물선 긋는 태양의 궤도에 섬을 돌고 도는 되새

김질의 나날

　툰드라의 바람에 자작나무 비벼대는 소리 바삭바삭 들려옵니다

　구불구불 등뼈 드러낸 수평선, 포말들이 묵언으로 달팽이관 후벼대는 밤이면 허기진 생의 기억만이 난바다를 뒤적거렸지요

　롤링 리듬 타고 일렁대는 선실의 등불, 생은 늘 기울어졌다 흔들리길 반복하는 것, 비척비척 지느러밀 파닥여봅니다

　연어는 보이지 않고 중심을 잡으려 할수록 더욱 비틀거렸습니다

사할린에는 연어가 산다

유전에 파일을 박겠다던 사람들이 파문을 긋는 아침
오호츠크 바다 지나 동해로 오는 연어 지느러미 따라
통조림 깡통에 담을 야심 찬 기대로
북양에서 쿠릴열도 돌아오는 항해를 떠난 적 있다
사할린 남쪽 KAL 007기가 사라진 곳
홈스크 밤바다에 붉은 불꽃 쏟아 내린 한참 뒤
난생의 꿈을 꾸며 당도한 사할린 땅
강바닥에 그물을 깔고 연어 떼가 올라오면
재빨리 끌어 올리는 타워크레인
파닥파닥 튀는 무지갯빛 물방울들
반짝이는 비늘 허공에 뿌리며 파르르 몸부림친다
연이어 들어선 덤프트럭
통조림 공장에 실한 연어를 부려놓자
배가 갈리고 대가리 지느러미도 잘려 나간다
그럴 때마다 들려오는 누군가의 비명
여인들이 비닐봉지에 대가리를 담는 저녁 무렵
덜컹, 굳게 닫히는 육중한 철문

기다렸다는 듯 사방에서 모여든 고양이가
어둠 속에서도 어둠의 잔해를 두고 만찬을 연다
지하 술집엔 독하디독한 보드카를 홀짝거리는
슬라브 여인과 카레이스키 여인
연어 이야길 늘어놓지만
아는지 모르는지 야릇한 미소만 흘린다
유전에 파일을 박겠다던 사람들은
돌아오지 못한 채 오늘도 갈팡질팡하고
레닌 동상 세워진 공원의 까마귀 떼
가아— 가아— 가아— 가아—
목쉰 울음으로 고개 내저을 때
쾡하니 타들어간 연어의 눈을 노려보던, 그들은
홈스크 지하에 묻힌 유전의 녹슨 파일을 보았다

풀밭을 기는 킹크라비

킹크라비를 마당에 풀어놓았네
빛이 들지 않는 오호츠크 심해
지독한 수압을 견디며 살아온 그가
지상에 닿아 헐거워진 걸음 절룩거리네
부풀어 오를 듯 가벼운
툭, 긴장이 끊어진 기압
엉금엉금 다니는 모습이 영락없는 거북이네
해저에서 짓누르던 생의 무게였다면
날렵한 몸놀림으로 어디든 돌아다닐까
그가 되돌아 갈 곳은
관절에 조여드는 수압이 짓누르는 곳
무미건조한 가을빛은 슬프네
펄펄 끓는 솥단지에
팍팍하게 늘어진 주먹만 한 집게발
발갛게 익어가는 몸 위로
자작나무에서 떨어져 쌓이는 바람
딱딱하게 돋은 가시에 찔려

까마귀 울음 한 올 팔랑거리는 사할린의 늦가을
다리에 달라붙은 이파리가
지상에 남길 마지막 무게인가
까마귀 울음에도 날려갈 것만 같은
생의 껍데기는 너무나 가볍다

오호츠크 귀신고래

찌그러진 쿠릴 하늘
먹장구름 틈새로 양동이째 쏟아지는 비
사할린으로 갈 소련제 일류신 쌍발기는
오늘도 날개를 웅크렸다
태풍을 등에 업고 떠나는 연어 운반선
선실 귀퉁이에 쪼그려 앉아
북양의 바람 뻐끔거리며
섬에서 섬으로 지느러미 휘젓는다
뱃머리 흔들며 요동치는 화물선
오호츠크 파랑 속에서
귀신고래 울음이 들리는 듯하다
연해주가 고향인 젊은 기관장 세르게이
아내와 아이 사진을 보여준다
일 년에 두어 번 집에 간다는 그가
얼려둔 오징어와 보드카를 꺼낸다
선창에 부딪치는 빗방울에
쿠릴은 점점 사위어간다

조타실로 밀려드는 저문 바다
폭풍우 넘어 가물거리는 섬은
바다를 유영하는 귀신고래 닮았다
등과 꼬리지느러미 드러낸 섬
반구대 암각화에 주파수 맞춰
장생포로 떠나갈 귀신고래가 되어
나도 지느러밀 휘저어본다
귀신고래야, 다 스비다니야*
쿠릴이여, 다 스비다니야

---

* '안녕히 계세요'라는 러시아 말.

마트료시카 속엔 누군가 있다

본국 소식 기다리며 사할린 변두리 이층에서 바라보는 뒤란, 자작나무 숲으로 사라지는 소녀의 갈래머리엔 강아지풀 한들거린다

한 꺼풀 어둠을 벗는 마트료시카, 사라판 속엔 복제된 그녀가 숨어 있다 그녀의 그녀들이 연이어 나타난다
벗겨질수록 세상은 더 넓게 보였던가 중심과 바깥은 뱃가죽 두께만큼의 간격, 어둠이 부풀면 다들 층층이 사라지고야 말리라

내 속에서도 누군가 빠져나오려 한다 겹겹이 닫힌 몸 열어젖히지 못한다 끄르륵끄르륵 몇인지도 모를 나를 끄집어낸다

눈동자가 번지르르 거죽을 핥아댄다 무한대 화소로 속도 헤집어본다 자기 뱃속에서 더러는 서로의 뱃속에서 헤어나지 못한다

어디선가 아날로그시계가 재깍거린다 심지 타들어가
는 냄새 진동한다

저물도록 바라보는 바깥, 오늘도 연락이 없어 중심으로
부터 송환을 요구하는 나의 마트료시카

우리들의 대화법

　판자촌 자작나무에 앉아 있던 까마귀들이 추적거리는 비도 아랑곳없이 저공비행을 한다 처마 아래 미장작업 중인 북한 노동자들, 말을 걸어도 모른 척 돌리는 시선

　나는 더러 남조선 새끼라 불리는 이방인이던가, 현장 소장 격인 고려인 최 씨만 통한다

　쓰레기통 뒤지던 까마귀 몇 마리 러시안룰렛 하듯 번갈아 부리 쳐들고 노려본다

　커피포트가 자글자글 가쁜 숨을 뿜을 때 공구를 빌리러 온 낯익은 얼굴, 평양 태생인 박 씨의 사투리가 문을 두드린다

　월급 삼십 달러, 아껴 모으면 가족들이 몇 년은 먹고산단다 가끔 탈출을 시도하는 시베리아 벌목꾼보단 사할린에 온 것이 다행이란다

　"통일 이래 금방 되갔시요?"

　먹먹한 눈길 피해 바라본 창밖, 자작나무 숲에서 까마귀가 날아오른다

까마귀도 고향 까마귀라 했던가 코르사코프 항 남쪽으로 날아가는 까마귀들이 낯설지 않다

끓는 물 붓고 오 분 후 먹으면 된다고 내민 컵라면

"일없습네다 마거던 가면 국수래 많이 있디요"

아직 라면 없는 곳이 너무나 많은 조선 팔도, 처음 봄직한 컵라면을 한사코 사양한다

줄기차던 빗속에서 서쪽 하늘이 내민 말간 얼굴

연어 찌꺼기 노리는 고양이가 등 세워 빗물을 털고 덩달아 까마귀들이 발톱 세우고 부리 들이대며 야단법석이다

공장 바닥에 배달 온 밥을 먹는 박 씨 일행, 커다란 양푼에 야채를 썰어 넣고 소금 간 맞춘 푸성귀 냉국을 둘러앉았다 최 씨 편으로 김치와 멸치볶음을 보냈다

"남조선 동무래 주는 건 안 먹갔시요"

뚜껑도 열지 않고 되돌아온 밑반찬

"최 형이 주는 거라 하세요"

건너편 스팀공장에서 뿜어대는 수증기, 바람에 날려드

31

는 생의 후각인가 낮은 자세로 바닥을 쿵쿵대며 사라진다

　먹구름의 기세에 밀린 까마귀들이 미동도 하지 않는 오
후, 사무실 문을 머뭇머뭇 두드린 박 씨

　"찬새래 잘 먹었시요"

　씩 웃으며 내려놓은 반찬통엔 거친 억양의 평안도 사투
리가 꾹꾹 눌려 담겨 있다

　돌아서는 등짝에 후두둑 떨어지는 장대비, 호들갑 떠는
까마귀 울음에 멀대같이 웃자란 풀들이 휘청거린다

　사할린 시가 발칵 뒤집혔다 박 씨 일행 중 누군가 탈출
했다는 소문이 돌았다

　샛강 거스르는 연어처럼 차디찬 자작나무 숲 헤매고 있
는 이 누구인가 그물을 놓고 연어를 기다리는 이 누구인가

　숲에서 날아오른 까마귀가 연어 떼 같다 빗물을 견디다
못해 처진 어깨 늘어뜨린 나뭇잎들

　마감하지 못한 처마를 타고 내린 빗물은 얼룩만 남기고
평안도 사투리 쟁쟁하던 복도엔 퀭한 공기가 떠다닌다

남아 있던 이들은 소환되어 더 이상 소식 알 수 없는, 그
렇게 말문 튼 이국의 여름이 지리멸렬 지나가고 있었다

샤슬릭*에 대한 기억

보즈두흐 스키장 산길을 낡은 지프로 올랐다
자작나무 숲 따라 별장이 늘어선 길섶
샤슬릭 냄새 타닥타닥 튀어 오른다
늘어진 가지들이 성근 잎맥 오므리고
비키니 차림 여인들은 일광욕을 즐긴다
도어 열어둔 채 카오디오 볼륨 높여
맨발의 젊은 남녀가 풀밭에서 춤을 춘다
격렬한 리듬과 율동의 저 탱고
진한 스킨십 나눈 그들은 숲 속으로 사라졌다
더덕 향 밀려오는 공원 입구
체첸에서 온 부자가 샤슬릭을 굽는다
캅카스 지르는 테레크 강 건너
숙청과 민족 배치라는 명분의 강제 이주를 피해
어린 아들 손을 끌며 시베리아 동쪽 끝까지 온 것이리라
스탈린도 빼앗지 못했다는 허리춤에 찬 단도
뭉텅 잘라내는 돼지고기 살덩이
자작나무 장작으로 숯을 만들고

쇠꼬챙이에 고기를 꿰어 돌려가며 굽는다
서풍의 소용돌이에 감긴 휘파람 소리
단숨에 들이키는 보드카
긴 그림자 남긴 백야의 하루가 순식간 지나갔다

---

* 돼지고기 꼬치구이인 러시아 음식.

김 씨*가 함흥으로 돌아가던 날

까마귀 울음 찰랑거리고 진눈깨비 내리는 날
자작나무 숲은 뽀얀 유리창 너머로 사라지죠
사라진 시야를 헤집는 손가락 그림에서도
숲의 향기는 피어날까요
정말이지 연어 따윈 잊어버리고 싶어
발길 닿는 대로 강둑만 걷자 했는데
모래톱에 일렁대는 녀석들이
샛강의 기억 저장구역을 헤엄치고 있어요
오래전 함흥으로 떠나던 그날에도
오늘처럼 진눈깨비 내렸나 보군요
저기, 저기 좀 보세요
까마귀가 쪼아대는 은비늘 촘촘히 붙여
성근 지느러미 힘차게 돋아나면
카레이스키 항로를 더듬어봐야죠
김 서린 유리창이 기억에서 흐려져도
출항을 앞둔 비늘만은 뜯어내지 마세요
당신은 해안선 따라 성천강으로

난 먼바다 회 돌아 태화강에 닿아야 해요
누구에게도 항로를 들키지 말아요
우리들 눈물로 새끼를 부화시킨다는
까마귀들이 자작나무 버짐 속에 숨어 있답니다
초점 흐린 능선에 쌓이는 초가을 눈발
오래전 그 머리비듬처럼 흩날리는
한 장의 기억
"오마니"

---

* 1950년대 유학이나 모국 방문 목적으로 북한으로 간 사할린 한인들은 되돌아오지 못했다. 김 씨도 이산가족을 찾아 50여 년 만에 사할린에 왔다.

바다 해빙

해안가엔 결빙된 바다가 서서히 스크럼을 풀고 있네 을
씨년스런 해변에는 갈매기 몇 나풀거리고 유빙에 내려앉
은 바닷새들이 봄볕을 톡톡 쪼아대네

반으로 쪼갠 드럼통에 바닷물 넣고 불을 지피네 장작불
에 손 녹이며 얼음 바다 유영하는 연어를 떠올려본다네

물이 설설 끓어 김이 솟구치는 돌린스크 바닷가, 빨갛
게 익은 킹크라비 뜯으며 늦은 점심을 먹네

까칠한 밀빵과 짜디짠 청어과메기 샌드위치, 구룡포 덕
장 꽁치 냄새가 등 푸른 갯바람에 꾸들꾸들 날려든다네

고래들은 오호츠크 휘돌아 귀신고래회유해면으로 향하
고 태화강 떠난 나는 곱은 손 비벼대며 연어를 기다리네

드럼통엔 아직 김이 모락거리고 우르릉 쿵쿵 부딪치는
유빙들, 실금 간 얼음 위에서 햇살이 탱탱 튀어 오르네

꽝꽝, 겨울은 멀고 봄은 가까워 연어잡이 배들은 돌린
스크 유빙 헤치고 바다로 나갈 채비를 하네

멸치 젓갈

비행기 도착 시간 지나 허겁지겁 달리는 공항길, 회색
구름이 낮게 스민다
아내가 밑반찬으로 보낸 멸치 젓갈
로비에 들어서니 반도 끝자락에서 헤엄쳐 온 낯익은 냄새
싸늘한 주위 시선, 공항 경찰이 다가와 무뚜뚝한 표정
으로 말을 건넨다
로비에 퍼지는 지독한 냄새가 마피아의 소행이라 판단
되기에 검색 중이란다
멸치 젓갈 담은 유리병이 깨져 손수건으로 입과 코를
막고 사건이 해결되기만 기다리고 있는 사람들
멀찌감치 인파를 헤치며 노파가 다가온다 경상도 어느
바다가 고향이라며 손을 부여잡는다
젓갈 냄새만은 기억하는 노파, 세월 지나도 잊지 못할
보리밥 덩이에 얹어 먹던 곰삭은 젓갈
샛강 거슬러 오를 날 기다리며 지느러미 꺾일 때까지
태생의 냄새 기억할 카레이스키 연어들

연어들의 시위

서로 닮아 부릅뜬 눈

담수에 적응하기 위한 포구

은빛 거죽 버리고 위장한 울긋불긋한 무늬

베링 해의 파랑 지느러미에 달고

한 걸음씩 내딛는 자작나무 숲

백태 낀 눈 더듬거리며

전진하는 자들의 절규

팔짱 끼듯 스크럼을 짜고 거친 강물 헤치다

페퍼포그처럼 물안개 피어오른 날

자갈 더미 파헤치던 지느러미

충혈된 눈동자

수장에 던진 주검 조금씩 허물고 지나가는 강

급류에 쓸려간 물의 껍질에선

달콤하고 훈훈한 강의 살내음

악만 쓰다 미처 다물지 못한 아가리

비릿한 생의 피돌기

제
2
부

일보과(一步跨)에서 쓰는 편지
—연암 선생께

철조망 앞 일보과라 새겨진 돌덩이
나룻배 길이만큼의 강폭을 두고
손에 잡힐 듯 보이는 어적도 방성마을
한 발짝 건너 닿을 땅 앞에서
발자국 떼지 못하고 편지를 올립니다
초소 지키는 병사의 눈이 낯설지 않은 건
강바닥부터 치밀고 올라오는 연민인가요
나룻배에서 바라보는 섬마을에
돌개바람이 붑니다
수건을 두른 아낙네의 머리에도
초겨울 햇살은 차갑게 내리고 있습니다
그 옛날 구룡정에서 압록강 건너오실 때
풍랑 일고 물살이 거칠었나요
국경 말뚝도 없었던 시절
어둔 강 건너 여기 어디쯤 닿았겠지요
박작성 우물 한 바가지 떠 마시며
들짐승 울음소리 들으셨겠지요

43

고구려 깃발이 나부끼던 망루는 없고
변발의 사내들이 성 위에 성을 쌓아
우물을 메워버렸습니다
만리장성 끝자락이라 우겨대며
호산장성이란 편액도 걸어놓았습니다
오슬오슬 떠는 버드나무 가지에
마른 잎 몇 장 팔랑거립니다
뻣뻣하게 굳은 발자국은
아무런 흔적도 남기지 않겠지요
선생께서 지나간 자취 찾아
이국을 회 돌아 여기에 왔습니다
강물 가로지른 저녁 햇살이
백양나무 숲으로 빠르게 떨어지면
누가 이 강을 건너오겠습니까
먹먹한 눈빛 외면하며
초병은 슬그머니 자리 비우고
초겨울 햇살만 초소를 가득 채웁니다

청나라도 조선도 아니었던 완충지대엔
백두산 호랑이가 살았겠지요
짐승을 쫓아내려던 병사들 함성이
겨울바람 되어 윙윙거리고
이제 구련성으로 향하는 장터에는
늙은 신기료장수가 바느질을 합니다
아스팔트 포장된 옛길엔
초겨울 된바람이 몰아치고 있습니다
뻥튀기 연기가 솟아오르고
조청(朝淸) 국경인 책문으로 떠나는
기차 바퀴 소리만 절렁댑니다
압록강 본류 합수머리로 흘러온
발원지가 다른 애하의 물결
바람에 날린 낙엽들이 시선을 붙들고
천천히 강 건너편으로 사라집니다
한 발짝만 디뎌도 국가보안법 올가미의 경계에 서서
건너편으로 흩어졌던 시선 거두며

저기 어디쯤 있을 통군정을 떠올려봅니다

한울타리

　산동성 남쪽 노나라를 지르는 기차 타고 곡부로 갑니다 희부연 차창에 비친 연푸른 색감의 들판, 줄지어 심어놓은 백양나무에도 물빛이 피어나기 시작했습니다 나무 사이로 집들이 모여 살고요 주변에 온통 밭을 일구었습니다 아낙네들이 올망졸망 이마 맞대고 자갈을 골라냅니다 밭 가운데에는 무덤이 있고요 꼭대기에선 향이 피어오릅니다 봉분 주위까지 씨 뿌리고 모종을 심습니다 밭 갈던 사내는 가끔 향불이 꺼졌는지 들여다봅니다 봄은 돌 틈에서도 봉분 가장자리에서도 싹 틉니다 새들도 밭고랑에 앉았다 날아가고요 산사람이 씨앗을 뿌리고 죽은 사람이 살찌웁니다 낮엔 집이 무덤을 지키고 밤이면 무덤이 집을 지킵니다 노나라 사람들은 죽어서도 집에서 가장 가까운 밭에 삽니다

흔적 1
―백암산성에서

　요동의 지평에 저녁이 떨어질 때 먹장구름 한 뼘 비켜 있었던가요 얼음 조각에 빛이 붙어 환일(幻日)의 하늘엔 태양이 두 개나 빛난다지요 가물거리는 양 떼가 놀을 먹어치우는 동안 빛바랜 시간은 점차 저녁연기 속으로 사라졌답니다

　어린 양들이 여물지 않은 각축을 벌일 즈음 초승달도 뿔을 세워 지워져가는 성곽을 바라보았어요 지평선과 평행을 이룬 실눈은 푸릇푸릇 별 하나씩 뱉어내고 말았습니다 어둠이 문자를 삼킨 성벽에서 제국의 연대기를 떠올렸지요 벌판에 서서 말굽 소리, 징 소리를 들었다 하겠더군요

　허물어진 석축으로 사내들은 담장을 쌓았어요 잃어버린 갈빗대 하나가 발치 아래 어둠을 이끌고 내 몸으로 밀려들어왔죠 저녁내 삼켰던 빛을 칵칵 토해내는 양 떼들도 몰아넣었습니다 그리곤 차디찬 어둠이 지평선의 지

퍼를 닫더군요

　무너져 내린 성벽엔 숨소리가 층층이 끄르륵거렸어요
마른 풀더미 사이로 쉬쉬하며 바람이 지나갔지요 침묵만
이 산성을 내려왔습니다 집집마다 석탄가스가 냄새를 뿌
려댔지요 시간을 베어 문 어둠 속에서 늙은 부부는 마른
옥수숫대를 산더미처럼 쌓고 있었어요

　지평선이 삼킨 빛으로 누군가 모닥불을 지폈던가요 옥
수숫대 타는 냄새가 간간히 날아다녔습니다

이도백하에 내리는 눈

기차 바퀴는 눈보라 가르며 절룩댔다
먹먹한 가슴 덜컹대며
압록강 혈류 따라
구불구불 닿은 이도백하
어스름에 몇 남은 봉창의 등불에 이끌려
조선족 식당이란 미닫이를 민다
집 나간 한족 며느리 대신
어눌한 모국어 발음의 손녀딸이 음식을 나른다
된장찌개가 반갑고
짜디짠 김치가 달다
노파는 서울 종로에서 태어났지만
젖먹이 때 만주로 이주해온 뒤
한 번도 가보질 못했단다
서울 어디선가 막노동한다는
아들 소식은 묘연하단다
키보다 한 뼘쯤 짧은 뒷방에 누우니
맨발이 문턱에 걸린다

새우등으로 웅크린 이도백하의 겨울밤
소나무에 소복한 컹컹 개 짖는 소리
우지직 부러지는 가지에 관절이 시리다
눈발에 묻어온 차가운 얼굴들이
밤새도록 봉창으로 날아들었다

두만강 푸른 침묵에

　두만강 푸른 물은 어디로 갔나 정강이 잡아끄는 황토물 건너 가물거리는 민가 몇 채

　노 젓던 뱃사공은 어디로 갔나 저녁노을 철썩대는 갈대숲의 저녁연기

　국경 넘어온 사람들은 어디로 갔나 오지로 팔려 간 여인은 여섯 달 만에 더 먼 북쪽으로 팔려 갔다네

　강을 건너온 군홧발자국들은 무슨 짓을 했나 물고기 꿰듯 쇠꼬챙이에 줄줄이 엮인 사람들, 내 님을 싣고 떠난 배처럼 되돌아간 저편으로 사라지고 없네

　북쪽으로 팔려 갔던 여인은 되놈 아이를 가졌다고, 군홧발에 채여 만삭인 배 움켜 쓰러지고 말았네

　민둥산 넘은 아이들이 강을 건너오네 잔뜩 겁먹은 눈망울 두리번거리네 젖은 바짓가랑이 움켜쥐고 무작정 대륙으로 뛰어가네 연보랏빛 제비꽃은 지천으로 피었는데

　두만강 푸른 물을 다시 볼 수 있을까 내 님을 싣고 떠난 배는 언제나 올까 떠다니는 뗏목들만 경계가 지워진 국경을 넘나드는데

그리운 내 님이여
출렁이는 내 님이여

북진의 불빛

  갑자기 들이치는 눈발이 삭풍에 휘감겼습니다 도로가
봉쇄되기 전에 들어선 경심고속도로, 맨살 드러낸 백양나
무들이 회색 들판에 꽂혀 있습니다

  낮은 하늘 끌어 덮고 끝 간 데 없이 뻗은 지평선, 고구
려인의 발자국이 남아 있는 듯했습니다 눈발에 날려 온
광대뼈 얼굴들이 부대꼈지요 깃발 없는 깃대처럼 백양나
무는 침묵했고요 사위는 어두워갔습니다

  살얼음 딛고 요하의 지류를 건너온 사람들, 늙은 애비
가 끄는 수레에 앉은 아이가 손등으로 콧물을 연신 닦아
댔습니다 머리엔 산발한 눈이 쌓이고 수레 중심을 잡으
려는 다리가 후들거렸습니다

  긴 꼬리를 달고 기차가 벌판을 달려갑니다 객실마다 비
치는 환한 등불이 저물어가는 벌판에 번져 나갔고요 거
친 파도의 물보라처럼 발해만에서 몰아치는 눈발도 더욱
거세졌습니다

  눈보라에 감싸인 북진의 불빛들이 백양나무 우듬지에
하나 둘 걸리기 시작했지요 대릉하의 얼음 깨지는 소리

가 쩡쩡 들리는 듯 가슴에서도 무거운 징소리가 울려왔습니다

　의무려산 넘어간 사람들이 솔바람처럼 쏴— 스쳐갔습니다 요동벌엔 차디찬 눈보라가 몰아치고요 불빛에 이끌려 눈에 파묻히는 도시로 달려갔습니다 하얗게 지워지는 지평선도 가물가물 사라졌습니다

낙타는 말이 없다

산해관 성벽 따라가는 낙타가 뿌연 입김 날립니다 쌍봉을 끼워 깔아놓은 안장에 무임승차한 햇살, 주인이 끄는 고삐에 더딘 걸음 딛습니다 검둥이도 적당한 간격 유지하며 돌아보곤 합니다

수없이 꿇었을 무릎엔 굳은살이 돌처럼 박였습니다 순하디순한 눈, 새까만 속눈썹에 가을이 맺힙니다 나뭇가지 썹는 입술이 마치 미소 짓는 것 같습니다 그래도 낙타는 조용하기만 합니다

머리에 단장한 붉은색 조화가 막 피어난 연꽃입니다 백위안이면 너끈히 한 바퀴 돌아봅니다 축 처진 목덜미, 갈라진 발굽 주위로 덥수룩한 털들이 바람에 날립니다 아직 숨소리조차 내지 않습니다

만리장성이 발해만으로 빨려든 해변, 파도에 부딪힌 가을 햇살은 깨진 유리알처럼 튕겨 옵니다 바다 건너온 사람들이 불쑥 손을 내밀 것만 같습니다 낙타를 몰고 뛰어들고 싶습니다 곧장 가면 평안북도 어디쯤 닿겠지요

서북 능선 따라 뱀처럼 구불거리는 장성, 천하제일관의

북소리가 울려오는 듯 귀를 펄럭이며 햇살을 털어냅니다
오늘도 진종일 걸어야 할 길에서 눈만 끔벅일 뿐 낙타는
말이 없습니다

비명

공개 처형 일삼는 중국 정부가 인권문제 발언금지 조건
으로 베이징 올림픽 입국을 허용했다

군중이 밀집한 광장에는 소리가 없다 잠깐 지퍼를 연
입술들은 둥둥 떠다니는 눈알들을 삼켜댔다 배 속에서
영상물이 재현되었다 목젖을 젖히고 뜨거운 기운이 밀려
나왔다 앙다문 입술을 강제로 벌렸다 어금니 힘줄은 불
끈 도드라졌다 머릿속까지 파고들다 역류하며 치솟았다
메마른 기억이 울컥울컥 눈물을 쏟아냈다 눈가리개 안쪽
에선 티베트 라마승도 쓰러졌다 총알은 붉은 깃발 위로
날아다녔다 어금니가 스르르 풀렸다 소리 없는 비명이
목구멍으로 끝없이 가라앉았다 광장에 남은 건 침묵을
관통하고 지나간 총소리뿐이었다

총알값을 지불하지 못한 부모는 아들의 시신을 포기했
다 병원으로 옮겨 간 주검에서 의사들이 장기 적출을 시
작했다

58

구름의 등고선
—운강석굴에서

구름만이 풀을 뜯는 유목민의 초지
밭고랑에 발목이 빠진 여인은 선비족이었다

고삐 저당 잡힌 조랑말
말뚝 따라 빙글빙글 펄럭대는 귀
거대한 돌 더미에
문자를 묻어버린 입술들
만리장성 아래로 그어진 구름의 궤도
누구도 떠나지 못한
척박한 땅
옹송그린 손가락 빠져나간 새털구름
무작정 대륙으로 흩어진
꽃제비들

백양나무 즐비한 길 따라
수없이 수도 없이 구름의 등고선이 풀어져 내렸다

사라진 그림자

당산으로 들어서는 국도 변, 마른 옥수숫대가 동그마니 쌓였습니다 흙먼지 날리는 길섶, 멀쑥한 백양나무들이 양 떼를 껴안고 트럭이 멀어지길 기다립니다

말 타고 지나갔을 연암 일행이 금방이라도 보일 듯 길은 환히 열렸습니다 자전거 행렬이 잇대어 날아가는 기러기 같습니다 미처 거둬들이지 못한 옥수숫대가 깡마른 소리를 질러대고요

고려보촌에 고려 사람은 없고 입간판만 남았습니다 낯설지 않은 사람들, 고려인이 아니라 고려보 사람입니다 사신을 대하던 옛날처럼 무뚝뚝한 표정이네요

그래도 덥석 손잡고 싶었습니다 자매인 듯 팔짱 끼고 걸어가는 계집아이 모습이 정겹게 느껴집니다 페달 밟는 노인의 광대뼈가 석양에 빛납니다

병자년에 끌려왔던 사람들은 어디로 갔을까 논농사 짓던 흔적은 사라지고 옥수수밭으로 변한 들판을 봅니다 트럭들이 어지럽게 뒤엉키는 도로에 한 무리 양 떼가 또 지나갑니다

풍윤으로 이어진 길엔 삼륜차가 건초 더미를 싣고 헉헉
거립니다 이젠 한족이 된 고려보 사람들이 그 길을 걸어
갑니다

황사

한국에 온 지 이십여 년
창경원 벚꽃이 펑펑 터지는 날
봉천동에서 회갑 맞이한 박 씨
막노동으로 굵어진 손마디가 옹골지다
수년 째 식당에 다니는 아내와
칭다오에서 동생 내외까지 합석한 아침
환갑은 무슨 환갑이냐며 손사래 친다
이른 아침 흑룡강성에서 걸려온 여동생 전화
전화세 나온다며 급히 끊어버려
못내 가슴이 아리다
음지 곳곳에 얼음이 녹아내릴 고향 집
이미 수 해 전에 죽었을
복술이의 새까만 코가 보고 싶다
막소주 받아 든 손가락에서
터질 듯 물오른 수양버들 피어나고
아직 찬바람에 후들거릴
겹겹이 감싼 봉창을 그려본다

황사에 묻어온 만주 냄새
겨우내 버석거리던 볏짚 소리
봉천동 꼭대기에서 내려다본 바깥
활짝 튕겨 온 꽃잎이 바람에 날려도
서울은 아직 눈이 시리다
흙먼지에 가려 보이질 않는다

오랑캐꽃

산그늘 굽이친 하마대장성 초입
가파른 길을 걷는 발목에 휘감기는 비파 소리
능선 따라 쌓은 갈지자 모양 성벽
고북구에서 붓을 휘갈기던 연암처럼
바람은 성벽에 햇살을 덧칠한다
지천에 핀 오랑캐꽃 무덤 사이로
깎아진 능선 향해 보따리를 지고 가는 여인들
돌계단 딛고 지나간 무수한 발자국
성벽이 무너지면 구족이 멸문당했던
벽돌마다 새겨진 이름에서
두텁게 흩날리는 세월의 각질
망루에 올라 옛 손길 더듬자
카메라 불빛에 놀란 비둘기가 창공에 점 하나 새긴다
쇠줄 타고 계곡 아래로 하강하는 사람
저녁 햇살 내리쬐는 능선에 또 다른 점으로 박힌다
건너편 하마대의 구불구불한 등뼈를
호수는 데칼코마니로 펼쳐 보이고

아무도 모르게 낮달이 낙관을 찍는다
장성 너머는 오랑캐의 나라
난 북쪽 산해관으로 들어왔으니 그 후손이던가
입구부터 기념품 사라며 따라오는 여인
그대는 어디에서 왔는가
영문도 모르는 오랑캐꽃이 바람에 파르르 떤다
낮달은 상승기류의 힘으로 버티고
산새 한 마리 그림자를 떨어뜨리며 날아간다

피어나다

봄날 저녁이 마지막 빛 한 줌 수평으로 뿌려댑니다 손차양 너머 바라보는 만주 벌판, 밭고랑은 끝없이 줄을 긋고 누웠습니다

일송정 푸른 솔은 보이지 않고 지평으로 사라지는 한줄기 비행운, 허공이 집인 노고지리도 바람 속에 숨어 휘파람을 붑니다

오상 벌판, 무논일 마치고 돌아오는 박 씨, 한국에 간 아들과 남편 소식은 몰라도 올해 벼농사 준비가 한창입니다

늙은 몸으로 일 년 농사면 천만 원은 번다며 흙삽을 털어냅니다 남들처럼 한국에 가지 않아도 품질 좋다고 소문난 오상쌀 덕분에 손 빌리지 않고 산다고 합니다

일제강점기 시절, 아는 거라곤 논농사뿐인 선조 따라 서북쪽 벌판으로 무작정 이주한 흑룡강성, 이젠 그럭저럭 지낼 만하다고 합니다

물오른 버들강아지 솜털에 보송보송한 저녁 햇살, 아직 노고지리는 허공에 숨었고 동녘에 하나 둘 점을 찍는 별들

지난겨울 삼중 비닐막으로 꽁꽁 여미었던 만주 벌판에
도 봄은 피어납니다

하얼빈 통신

송화강 둔치에서 치치하얼로 가는 철교를 바라보았네 압록강 건너 유럽으로 떠나갈 기차를 그리워하네

왕방울만 한 붕어 눈꺼풀 속엔 그렁그렁 눈물이 고이고 해빙기 얼음은 자외선이 파고들어 푸석한 솜뭉치 같았네

설산 크레바스에 빠진 조난자처럼 얼음장 밑으로 빨려간 사내는 나타나지 않았네

빙등축제 거리를 걸어가던 안중근 의사, 기차에서 내리던 이토 히로부미는 어디로 갔을까

동북 호랑이가 어린 송아지 목덜미 물고 늘어지네 사파리 카메라는 셔터를 눌러대고 마지막 초봄 햇살에 송아지는 눈만 끔뻑거리네 731부대 피비린내가 봄바람에 잔뜩 묻어오네

철교 건넌 기차는 아무르 강변 자작나무 무성한 도시에 닿겠네

강 따라 흐르는 길, 햇살은 다시 북쪽으로 향하고 기차는 봄의 터널을 아지랑아지랑 지나가겠네

허공에 지은 집
—懸空寺에서

밧줄에 매달려 대들보 박아대던 사내는 거미였다 오직
계곡 아래로만 줄을 늘어뜨렸다 굉음 질러대는 항산의 계
곡도 소리소리 허공에 매달렸다 바위에 구멍을 내던 정
소리가 간간히 바닥에 나뒹굴었다 대들보 내리던 줄이 서
로 엉키는 순간 새는 출렁출렁 협곡으로 날아갔다 바람이
불자 밧줄에 매달려 얼음덩이가 된 사내가 떠올랐다

누군가 벽화를 그려놓았다 페이지 넘길 때마다 거미들
은 절벽에 걸린 나무 계단을 오르내렸다 석가도 공자도
노자도 허공에 머무르길 원했던가 스스로 줄을 끊지 못
한 연으로 삼교전에 나란히 앉아 있다 아득한 절벽 굼실
거리며 기어올라 다들 저마다의 허공에 도(道) 하나쯤 걸
어두고 싶었으리라 협곡엔 까마귀 울음 올올이 흐르고
마음속 갈래길은 절벽을 따라 구불거렸다

적막

신의주에서 떠오른 일출
위화도가 잡힐 듯 빛의 다리 걸어놓았네
난간에 휘감겨 소용돌이치는 바람
건너편 숲에서 날아오른 청둥오리 떼
더러 강물에 찍어대는 푸른 발자국들
오리들은 자맥질하며 하류로 흩어지고
강심 흐르는 나룻배
등진 노부의 흐릿한 입김
단동 떠난 기차는 강 건너 사라지는데
백양나무 우듬지 가로지른 다리
물고기 비늘처럼 바글거리네
달라붙었다 떨어지는 빛의 조각들
이어진 다리로 기차가 떠난 뒤
끊어진 교각 따라 길을 펼쳤지만
백양나무 그림자만 건너온 둔치
기차는 돌아오지 않고
강을 건너오는 이 아무도 없는데

정수리에 수직 이룬 햇살
수평으로 펼쳤던 다리를 천천히 거둬들이네
그리고
귓바퀴에 걸린 멍한 시간
팽팽하게 당겨진 기나긴 정오

제
3
부

의자

저 나사못의 근원은 무엇인가

대가리 굴려가며 살다 보니

다시 돌아 나올 수 없도록

틀어쥐어어야 삐걱대지 않았던가

빛나는 십자가 여남은 개

여기저기 단단히 돌려 박았다

한동안은 예수가 앉아 계시겠다

흔적 2

발라지 리조트 입구 식육점
도로변에 통나무 기둥 네 개 세우고
야자 이파리로 엮은 이엉을 씌웠다
피딱지 말라붙은 나무 도마에 달려든 파리 떼
냉장고도 없는 노점에서
종일 팔리는 거라야
쇠갈고리에 걸린 생닭 반 마리
혹서의 바람 뒤집어쓰고
까무잡잡한 피부에 하얀 눈망울 굴리는 계집애
갈래머리 늘인 미간에 찍힌 빈디처럼
지평의 가는 속눈썹으로 해가 저문다
바람이 사윈 허공에 늘어뜨린 외발
누군가에게 팔려 반쪽만 남아 있는 닭
황토색 맨발의 어미가 끄는 자전거 뒷자리에 앉아
집으로 돌아가는 아이 등에
닭 볏 같은 노을이 붙어서 간다
붓다가 찍었던 발자국인가

긴 그림자가 남기고 간 족문이
야자나무 벽체의 초가집으로 들어선다
흙탕물에 얼룩진 담벼락 따라
한 무리 닭들이 몰려 나간다
마당에 찍힌 모든 발자국
그 깊이만큼 어둠이 고여 별들이 총총하다

공존

우기가 지나 북회귀선에 머무는 태양
에메랄드빛 하늘의 뜨거운 입김에도
지평의 어께 위로 노을은 핀다
낮 동안 쌓인 햇살 털어대는
야자수 이파리의 손짓
무거운 그림자 끌며 들어선 숙소
복도 천장에 매달린 백열등이
전구에 가둬둔 열기를 뿜어댄다
날벌레가 꼬이는 등불 아래
빛바랜 벽체 기어 다니는
어린 도마뱀의 새까만 눈동자
딱 마주쳤다
주춤거리는 도마뱀과 나의 간극
긴장한 건 오히려 나다
팽팽한 침묵 털어내고
숙소의 문을 연다
도마뱀은 벽에 납작 붙었고

날벌레들은 전등 주위를 공전한다
우리는 희미한 전등 아래
같은 복도를 쓰고 있다

샤우트 창법

목청껏 내지르지 못하는 그의 입에선 볼링공이 자란다 빨갛게 익어 목구멍 밀치고 올라온다 16파운드 소리를 뱉어낸다 짜 맞춘 39쪽 판자 위로 굴러간다 울대 박차고 나와 돌돌 말려 간다 기름 발린 함정 구역은 미끄러져 지나간다 건조한 레인으로 치닫는다 휘몰아친 주먹에 핀들이 쓰러진다 경쾌한 소리에도 그는 침묵한다 목구멍에선 연거푸 공을 쏟아낸다

비명을 지르려 군중 속에 몸을 맡겼다 여의도에서 신기루를 본 건 그때였다 비준안 저지를 위해 밤새 농민들이 떼서리로 몰려들었다 볏더미가 불타지만 물대포는 농민의 가슴을 쏜다 그는 고래고래 악쓰고 싶다 탁 터지는 시원한 맛을 느끼고 싶다 간질거리는 몸짓이 도로에서 아우성쳤다 홀로 피켓 든 무언의 마스크 속에도 뭉쳐진 소리가 들쭉날쭉했다 사막의 폭풍 작전이 개시되었다 전경들도 시위대 향해 돌진한다 까칠한 목구멍에서 핀들이 와장창 쓰러진다 거리엔 스트라이크 연속이다

피리 속으로 사라지다

　이란 소금동굴에서 발견된 천오백 년 전 사내, 일그러
진 해골 일곱 구멍엔 꼬물거리는 바람이 틀어 앉았다네
단숨에 빠져나온 공기가 음계의 시작이었다지 퇴적층이
그어놓은 오선지 위론 암염의 음표들이 반짝거렸다더군
비음 흥얼거리던 구멍마다 잃어버린 시간들로 넘쳐났겠
지 사막으로 내통한 이음매가 풀리자 비단길에도 피리
소리 흩날렸다 하네 별들은 굽이치던 선율 따라 사구 너
머로 곤두박질쳤다나? 그 소리에 놀란 쌍봉낙타 숨구멍
이 뻥 뚫렸다더군 신기루를 그려낸 바람의 손가락, 곡선
에 걸린 피리 소리는 그의 비명이었다 하네

껕지

무심코 냉동실 문 열다
까맣게 잊고 있었던 봉지 하나 집어 든다
고향 후배가 두고 간 껕지 세 마리
빙하기 저쪽 웅크렸던 망각을 끄집어낸다
물살 거슬러 오르던 몸짓
바위틈에서 숨 고르던 그대로, 너는
지느러미 가지런히 추슬렀으리라
여울 살 박차 오르며
온몸 뒤틀어 물살 갈랐으리라
외바늘에 끌려 나온 허기진 생
겹겹이 짓누르는 딱딱한 시간들
쉬이 벗어나지 못할 어두운 한 시절
그간 용케도 질끈 견뎌왔구나
나날이 오금 저리는 혹한의 도시
아가미에 맺히는 차디찬 바람이여
언제쯤 휑한 이 유배지 벗어날 수 있으려나
잠시나마 몸 녹여줄 빛이

육중한 저 빗장 덜컹 열어보기나 할까
해동한 꺽지의 얼룩무늬에서
시퍼런 물결 꿈틀대는 소리가 들린다
죽어도 살아 있겠노라 외치며 되돌아간
녀석의 등짝이 일렁거린다
안동, 그 골짜기 어디쯤 파닥거리고 있을
결코 꺾이지 않을 꺽지는
어두운 빙하기를 건너고 있으리라

쏙, 빠지다

굽은 허리로 용케 조간대 상부 모래펄에
수직으로 깊게 굴을 파고 꽁지부터 들어간다
얕은 펄 넘어론 가보질 않았기에
허리 굽히며 늘 주위를 살핀다
주로 밤에 집 근처 서성대다가
파도가 닥칠 기미만 보여도 재빨리 숨어버린다
개펄에 동전 크기만큼 속 좁은 구멍 뚫고
꼬리를 바닥으로 향해 꼿꼿이 선 채
물 고인 진창에 숨죽여 지낸다
대나무 끝에 붓 모양으로 개털을 묶어
입구에서 소용돌이 일으키면
가슴다리로 개털 움켜쥐며 온몸에 힘을 준다
살짝 끌어 올리면 먹이를 놓치지 않으려
한순간 집 밖으로 딸려 나온다
생의 대부분은 누군가에게 속다 쏙, 빠졌던가
밀려왔다 쓸려 가는 파도가 쏙이 살던 흔적들 지운다
다들 고만고만한 깊이에서 대가리 디밀고 나와

바동거리다 사라지는 얄팍한 것들

그는 아직 울타리 밖을 내다볼 여가가 없다

증발한 빛

　내 나이 몇 갠지 헤아려볼래? 만성 디스크 투병 중인 나무는 친친 동여맨 나이테를 꺼내 보인다네 물관 겹겹이 말려드는 날 중년 훌쩍 넘긴 뼈마디가 들쑤신다네
　재선충이 물길이란 길은 죄 틀어막았다네 일 년 치 빛이 증발하자 바삭바삭 흩어지는 나이테들, 폐곡선 올가미엔 누군가의 울음이 걸려 있다네 눈물 자리마다 옹이가 박히고 발가락에선 실뿌리가 꼼지락거린다네

　녹차, 녹차 잎을 넣어야 해! 태양 머금은 찻잎에서 햇살이 우러나야 해!

　그루터기엔 동그마니 여민 비닐 포대기 봉분들, 연둣빛 기억 더듬던 나무는 나이테 한 가닥 뽑아 견고히 동여맸다네
　바닥에 찰랑대는 햇살들, 넘치리라 넘쳐나리라, 뿌리에서 솟구친 함성 우듬지까지 울려도 다들 발바닥만 뜨거워진다네

86

가슴팍에선 솔바람 불고 빛을 피우기엔 시퍼런 물의 칼
날이 두렵다네

타임머신
—반구대 암각화를 보며

　성큼 들이치는 산그늘 헤치며 시간을 캐내기 시작했다
슬라이드 한 컷 지나는 순간 시곗바늘은 튕겨졌다 사슴
을 쫓고 멧돼지에 올가미 걸던 사내도 어느 틈에 바위에
서 뛰쳐나왔다 삼천 년 붙박였던 짐승들이 울부짖었다
브리칭 일으키는 귀신고래 향해 파도 헤치며 노를 저었
다 길쭉한 나무배 행렬이 허공에 찍히고 스무 남짓한 사
내들은 고래를 끌어냈다

　어디선가 들려오는 젖먹이 울음에 서둘러 사냥을 접었
다 어둠이 스며드는 대곡리 계곡, 사냥에서 돌아왔을 때
세상은 고스란히 바위 속에 박혀버렸다 작살 꽂아두던
문설주엔 지문이 선명하였다 누군가 고장 난 시계를 주
물럭대기 시작했다 늘어난 테이프처럼 우— 우— 웅 고
래 울음이 들려왔다 찰칵대는 슬라이드에 시곗바늘이 빨
려드는 순간 시간의 화살을 놓치고 말았다 찰나간 되돌
아온 삼천 년, 방금 사냥을 끝낸 사내가 사라졌다

나비 한 마리 노을빛 나풀거리며 날아다닐 때 바위에
새겨진 채 바라본 바깥, 저물어가는 지상엔 촉 없는 만년
필을 쥔 원시 사내가 바위 문자를 들여다보고 있었다

팝업북
―발달 장애의 숲엔 앵무새가 산다

빛을 쓸어내리며 팝업북 두 권 펼친다 납작 엎드린 나무와 집들이 부스스 허공에 걸린다 아이는 수양버들 줄기에 나팔과 북을 매달고 흔들어댄다 봄 햇살에 젖은 맨 가지도 리듬에 맞춰 출렁거린다 눈알이 허겁지겁 샛노란 싹을 틔운다

숲이 뒤섞이자 에메랄드 성으로 떠난 도로시 얼굴엔 낮잠에 빠져든 앨리스가 오버랩 된다 길 잃은 아이는 앵무새가 되어 숲을 넘나든다

엘리베이터 문짝 틈새로 천 길 낭떠러지가 입을 벌린다 뒤바꿔 신은 찍찍이 운동화는 파랗게 질려 폴짝 뛰어넘는다 소름 돋기 움찔거리고 후줄근하게 땀이 흐른다 육면체 상자는 모퉁이 돌 때마다 삐걱삐걱 빗장을 건다 아이는 분홍색 큐브 속으로 몸을 말아 넣는다

유리벽 건너 엄만 발만 동동거린다 회오리바람 속에서 아이는 반복해서 조잘댄다 마법의 바람이 여의도에 불고 한강에도 신림동 포장마차 술잔 속에서도 분다 회오리를

마신 사람들은 뱅글뱅글 쓰러진다

　벌건 대낮에도 가로등은 충혈된 눈알 비벼댄다 시위대
와 전경들이 멱살 부여잡고 쌍심지 켠다 앞집과 뒷집, 노
동자도 정치인도 저마다 한 그루 나무가 된다 주렁주렁
새장을 달고 문을 잠가버린다 아이는 혼자 지저귀고 엄
만 새장을 열지 못한다
　마지막 페이지 넘기자 다들 꺾이고 만다 새장도 회오리
바람도 무성한 숲 속으로 사라졌다 뒤섞였던 책은 접히
고 닫혀 이차원 평면으로 되돌아갔다 갈피 속에 갇힌 아
이는 어디로 갔을까 어디선가 푸드득 새장을 열고 날아
가는 앵무새 소리가 들려왔다

입 속에 사는 고래

힘껏 가속페달 밟자 소형차는 튕겨 나갈 듯 굉음을 지른다 반쯤 감긴 브레이크 눈은 마취되었다 둔탁한 소리 그리고 깊은 적막

바다가 고래고래 소리친다 질주하던 쾌속선은 경광등 깜빡이며 바리게이트 친다 따개비 다닥다닥 붙은 등이 떠오른다 귀신고래가 포경선에 끌려간다 대왕고래 울음은 저음으로 깔려 곤두박질친다 갈매기도 공명으로 합세한다 음계의 파고 넘어온 음표들이 서슬 푸르다 시퍼렇게 눈 뜨고 봐도 수평선은 가물거린다 새우 떼 향해 브리칭 하는 순간 반구대 암각화 사내가 작살을 내리꽂는다 핏빛 여명이 일파만파 출렁이자 지레 겁먹은 고래들이 바위 속으로 깊이 파고든다

긴 잠에서 깬 뒤 입안에 까칠한 감촉을 느꼈다 터진 입술 꿰맬 때 수염세포 하나가 돌아섰나 보다 입안에 섬모가 돋는다 흰수염고래가 출현했다

흔적 3

온몸 긁어대다 모기향 피웠다
꼭꼭 갇힌 상자
탈옥에 실패한 연기가 질식하는 밤
창틈 헤집어 든 바람
나풀나풀 풀어 헤친 머리칼
달팽이관에 꼬인 심사
귀를 두드리는 가벼운 날갯짓
환청 따라 가뭇없이 떠난
뚝뚝 끊어진 시간의 촉수들
원을 그리며 나뒹구는
다비식 치른 손바닥만 한 生

산벚나무 텃밭

　강원도 사는 누나가 택배를 보내왔다 피난길에 태어났
대서 길자인 누나는 공중목욕탕 잔일을 하며 홀로 산다

　테이프 감긴 상자를 열었다 마른오징어 두어 마리, 샴
푸 몇 통, 동그마니 차지한 비닐봉지 여민 강냉이 튀밥,
택배 비용이면 사 먹어도 되겠다는 아내의 웃음소리 들
렸다

　연변 어느 장터, 두만강 건넌 꽃제비가 뻥튀기에서 튀
긴 튀밥을 잽싸게 주워 먹는 걸 보았다 옥수숫가루 배급
받던 시절, 강냉이 튀밥 실컷 먹어보는 것이 소원이던 누
나는 아직 그때를 살고 있는 것이리라
　산벚나무 텃밭에 심었다는 찰강냉이, 뻥이요 소리 까끌
까끌 했었나 보다 어린 시절 그 알갱이들이 택배로 퉁겨
온 것이다

　우듬지엔 퉁퉁 튀어 오를 날 손꼽는 알갱이들, 아직 이

국을 떠돌아다닐 귀때기 뽀얀 그 어린 꽃제비들

그들만의 리그

청포도에 흑포도를 접붙였다 쭉쭉 뻗은 넝쿨들이 절반씩 점령한 베란다, 터치다운 직전 쿼터백처럼 튕겨 나갈 듯 어깨를 부풀렸다 이파리 사이로 탱탱한 눈알들이 우글거렸다 자주색 줄기에 달린 새파란 눈알, 새까만 눈알, 그들은 반투명 눈꺼풀 속에 비치는 자신의 색깔을 눈치나 챘을까 오직 햇볕 잘 드는 구장 쪽으로만 귀 기울였으리라

높은음자리표를 허공에 수없이 그려놓았다 리듬에 맞춰 서로의 간격을 유지하며 적당한 높낮이에 매달렸다 때론 오선지처럼 그어놓은 철사를 벗어나기도 하고 반음절 꺾이기도 할 것이다 바람의 저항을 뚫고 전진할 것이다

관중들 함성인 양 창문 두드려대는 햇살, 후끈 달아오른 열기가 베란다를 채웠다 넝쿨은 허리를 돌돌 감아 러닝 자세를 취했다 그들만의 독특한 리그는 여름 내내 포도나무 위로 뻗어 나갔다 창밖으로 수직 상승을 꿈꾸는 저 눈동자들, 홍채는 달라도 줄기는 자줏빛이다

그해 겨울, 피츠버그 팀 한국계 하인즈 워드 선수가 슈
퍼볼에서 MVP를 차지했다

기울어지다

데이비드 카퍼필드가 만리장성 통과하는 마술을 본다
비스듬히 기댄 장벽 속으로 빨려 들어 유체이탈을 꿈꾼
다 스펙트럼에서 갈라지는 빛이 허공으로 흩어진다 나뭇
가지 사이로 빠르게 날아가는 저녁 해가 붉은 혀를 날름
거린다 거대한 자기력에 노을 속으로 몸이 증발한다

기러기들은 북극으로 날아가고 별은 북극성에 목줄을
잡힌다 다들 23.5도 기울기에도 곧게 서 있다고 믿는다
지리부도를 펴면 모든 것이 평면에 누워 있다 바닥으로
피사의 사탑이 기울고 바닷물은 야금야금 히말라야를 적
신다 큰 홍수가 지면 모든 경계가 무너지기도 한다 등고
선이 흐느적거리고 새 떼들은 또 무리 지어 북쪽으로 날
아간다

몇몇은 뒤죽박죽된 퍼즐을 다시 끼워 맞춘다 기초 세우
고 벽돌을 쌓아 올리자 한 무리가 갇히고 만다 고래고래
질러대지만 아무도 귀 기울이지 않는다 스스로 무너지거

나 빗장을 건다 다들 그러다 말 일이라며 침묵한다 별은
아직 북극성에 매달려 있고 사람들은 자꾸 기울어진다
바로 서 있다고 믿으면서 높은 담장에 기댄다

　눈을 뜨니 마술이 끝났다

사랑니를 뽑고 싶다

이라크 시민들 초췌한 항의 집회, CNN을 통해 지구촌
으로 전송된다 총성 울리면서 화면 지지직거림, 잠시 후
주인 잃은 신짝 나뒹구는 광장에 누군가 쓰러져 있다 급
히 화면 바뀜, 부시는 주둔의 명분 늘어놓는다

부지기수로 밀려오는 파랑 헤치며 지깅낚시를 다녀왔
다 빛의 흔적 지우고 끌어 올린 팔뚝만 한 부시, 부시, 부
시리로 회 뜨고 대가리는 매운탕도 끓였다 TV에 정신을
빼앗겨 뼈까지 으깨 씹다가 억센 가시가 잇몸에 박혔나
보다 어금니가 쓰리고 아프다 아작 내리라 적의의 이빨
드러냈지만 부실한 잇몸은 기어이 출혈로 매운맛을 치렀
다 혹독한 통증에도 멈추지 않는 혈, 혈로 뭉친 혈맹도 윗
니 아랫니 구별된다는 걸 마흔 훨씬 넘어서야 눈치만 챘
다 움직이지 않는 위턱은 멀쩡한데 쉬지 않고 씹어대는
아래턱은 쓰리고 아리다 고통도 주로 낮은 쪽으로 흘러
내린다 성근 사랑니도 아래턱에서 앓았다

누군가 바빌론의 유전에 깊이 박아놓은 가시 탓인지 이
라크 시민들은 아직 사랑니를 뽑지 못하고 있다

제
4
부

탈옥

마침내
李 형은 지구의 철창 벗어나
십이월 말일 새벽
안드로메다행 열차에 몸을 실었다
다닥다닥 사각으로 짜 맞춰진
우주로 가는 플랫폼은 늘 만원이다
전송이 못내 아쉬워 울다가
남아 있는 형량을 헤아리다가
간간 옆 사람에게 술 한잔 권한다
울음도 웃음도 나지 않아
내가 할 수 있는 일이란
다만, 조용히
독방으로 되돌아올 뿐이었다

날개 돋친 시간

자동차 조립공장엔
디지털시계 빨간 눈알이 깜빡거렸다
출렁거리는 컨베이어 속도에 고정된 사내
이 분 간격으로 지나가는 엔진을
그의 가슴에도 장착한다
커다란 상자에 갇혀서도, 그는
초원을 달려가는 야생마가 되고
포말만 남긴 쾌속정을 떠올리기도 한다
심장은 부릉거리며 펄펄 뛸 것만 같아
여기저기 경광등의 머리가 돌고 돌았다
오전 열시가 되자
빛살 타고 날아든 세이렌들이 노랠 불렀다
파도가 멈춘 틈을 타 휴게실에 정박한, 그는
자판기 종이컵 속에서 소용돌이쳤다
무거운 항해 벗어버리고
십 분간 세이렌의 유혹에 말려들었다
그는 이 구간에서 눌러앉고 싶다

귓구멍 막았던 오디세우스의 선원이고 싶지 않다
밀랍 뜯어낸 심장이 펄럭거리고
갈기가 돋아나는지 목덜밀 매만졌다
컨베이어가 다시 출렁거리자
경광등은 부릅뜬 눈알 부라렸다
검푸른 등짝이 뛰쳐나갔고
세이렌의 날개도 어디론가 날아가고 말았다
휴식 시간이 끝나는 시점마다
퇴화된 날갯죽지 파닥여보곤 했다

가을 실직

팔랑거리는 가을
모였다 흩어지는 고동색 물감 냄새
버석버석 떨어지는 지문
실핏줄 드러난 손가락
바람이 잡아챈다
고봉밥 비워낸 이팝나무
퀭한 눈알 수없이 매달고
안간힘 쓴다
공기 색깔은 점차 무거워
어둑살 내린 집으로 가는 길
착착 달라붙는 비루한 입술
허기진 손바닥
끊임없이 핥아대는 깡마른 바람

바퀴의 길

타이어에 못 하나 깊이 박혔다
구를 때마다 조금씩 밀려드는 소리
쉽게 빼내지 못해 환청에 시달려온 나날
소리가 커질수록 폐활량은 줄어들고
고막의 떨림은 더욱 커졌다
마찰열로 부풀어 터질 경우도 있다지만
바람 빠진 풍선 되기 십상이다
비틀고 흔들어도 쉽게 빠지지 않던 못
족집게 들이대자
한순간 내려앉는 저 내력이라니
바닥을 기어 다니는 대부분 종족들
그 표면이 반질반질한 건
납작 엎드려 살아왔기 때문이다

오드—아이에 비친 저녁

눈동자에서 헤비메탈이 쏟아졌다면 믿겠나 당신, 천연색 물감이 음표에 달라붙어 색색이 조명등을 걸었다하데
  채도의 경계 떠돌던 페르시안 묘안도 깜빡거렸다더군
이젠 푸른 눈과 붉은 눈을 가진 흰색 고양일 사랑할 거야
  멜라닌 색소 따윈 관심도 없다네 그렇다고 양다리 걸치고 싶지도 않나 봐 데이비드 보위의 〈Space Oddity〉에 감겨들고 싶다더군

  색은 색을 희석시키며 진화한다지 아마, 스펙트럼 빠져나온 무지개가 꼭짓점을 비틀었다는 소문이 돌더군
  거울이 깨지면서 햇살이 와장창 쏟아져 내렸다던데 그렇다고 고양일 내칠 수는 없잖아
  립 서비스에 능한 수컷은 가임 기간이라 털이 날리면 치명적인 바이러스가 극성이거든

  푸른 계열 동공 때문인지 오른쪽 귀엔 달팽이가 살지 못하나 봐 아무리 소리 질러도 눈알만 굴린다더군

짧은 다리론 따라잡지 못해 그만 물감을 엎질렀다지 색색이 뒤섞인 회색 구름이 하늘하늘 널브러져 있었나 봐
　눈치챈 건 얼마 전이었데 레드콤플렉스가 사라진 유목민의 눈가에 촉촉한 노을이 흘러내렸다더군

처용무

　은빛 몸 뒤틀며 멸치는 바다를 빠져나갔다 빈약한 덩치 때문에 떼서리로 몰려다녀야 했던 그는 켜켜이 쌓인 파도를 연신 뱉어냈다 때론 퇴화된 수초의 손바닥 위에서 나풀거렸다 하얗게 까무라지며 몸을 뒤집는 춤사위였던가 트루먼쇼 광적 팬인 그가 천의 얼굴을 드러낸 것이다 환상으로 통하는 눈을 열어젖히면 무시로 구름 계단이 펼쳐졌다

　낡은 소맷자락은 허공을 헤엄쳐 다녔다 공사판 모퉁이 돌아 깡마른 비늘 털어내곤 하였다 갈대 여울이 바람에 일렁대자 여기저기 멸치 떼가 몰려다녔다 비린 갯내 그리운 날, 푸른 지느러미 돋아날 여호수아의 지팡이는 보이지 않았다 무리 지어 다닐 무리가 없는 도시엔 조수아 트리마저 자라지 못했다 얼굴을 지워버린 건 오로지 포커페이스 때문이었다

　죽방멸치가 상한가 칠 무렵 가면을 내던진 처용이 지하

철로에 첨벙 뛰어들었다

파랑 전복

파도치지 않는 바다를 본 적 있는가
부유물에 헐떡이는 치어들
빈 껍질 속 집게가 진저리 치는 걸
때론 바다도
거칠게 휘몰아쳐 바닥까지 뒤집어놓아야
구석구석 밀려드는 공깃방울에
작은 놈들 숨통이 트인다

적요한 양식장에 혓바닥 힘으로 웅크린 전복
오로지 살기 위해 뻐끔거려야 하는
거품 물면서도 가두리 넘지 못하는 나날
파랑, 파랑, 시퍼런 파랑을 넘어
달랑 빈 껍질 하나 남길 우리들
오체투지 끌며 가는 라마승처럼 적조가 쓸고 간 세상
속에서
　느릿느릿 바닥을 세워본다

물결 일지 않는 생은 없어
되돌아오는 버스에도 파도는 친다
흔들리지 않으리라, 비틀대지 않으리라
악을 쓰며 당도한 도심
힘주어 바닥 딛는 순간
울컥
속은 뒤집히고 말았다

아무리 기다려도 파도는 밀려오지 않았다

빈집

　싸리나무 거슬러 오른 자국마다 숭숭 뚫린 빈집 여러 채, 온몸 부대끼다 벗어난 자리엔 싸리꽃이 환하다 옹송 그려 움켜쥔 마디가 능선 쪽으로 조금씩 허물어진다 날아갈 듯 파르르 떤다 사립문 건너 웃자란 억새들이 삽짝까지 빼곡히 서 있다 기울어진 문짝에 너덜대는 창호지는 색 바랜 시간의 기록인가 바람이 드나드는 벽채에 사선으로 기댄 빗살무늬들, 고원에서 부르는 매미 소리에 털썩 주저앉고 말았다 투명 껍질 속 그의 모습이 되어본다 팔다리 감싼 내 등은 갈라지지 않는다 날개도 없다 삼키지도 뱉지도 못해 툴툴 털고 일어서는 까칠한 목소리, 단맛에 길들여진 벌레처럼 단내 풀풀 나는 산 아래 내려서는 순간, 움켜쥐었던 가지를 떠나 점으로 사라지는 가벼운 울음 한 채

카오스

근시에 원시까지 겹쳐

모니터는 온종일 돋보기 끼고 산다

미세하고 모호하게 인수분해 된

잡음투성이 TV 끄고 신문도 접는다

가늠치 못해 다시 배워야 할 적분법

난시의 눈앞이 캄캄하다

트라이앵글

 꼭짓점 하나 떼어낸 그는 모든 음계를 넘나들었죠 터진 옆구리로 넘친 음표들은 증발해버린 저음을 떠올렸지요 더러 무리에서 떨어져 가청 범위 밖으로 휩쓸렸답니다 회오리에 휘말린 음색으로 바닥부터 꼼꼼히 음정을 조율했지요 중도에 그만두거나 무너지기도 하겠지만 뒤집히지 않으면 천만다행이겠죠

 폭탄주에 취한 지휘자는 젊은 여자와 붉은 팬티와 복잡하게 엉킨 삼각관계 속을 헤집었죠 헤드라인에서 발가벗겨지기 전, 퍼붓는 야유를 피해 흑막 속으로 잽싸게 몸을 숨겼답니다 어둠에 눙쳐두어도 변하지 않을 음색으로 이러구러 한 틈을 타 슬그머니 나타나겠지요

 팔레스타인 사막에서조차 공연은 이어졌죠 저마다 성스러운 음계로 노래하던 가자 지구에 폭탄을 두른 할머니가 나타나기도 했지요 미사일이 펑펑 터지는 아파트에서 비명이 피어올랐죠 코카콜라를 마셔대는 매부리코 사

내가 입가에 핀 환호성을 쓱 훔쳤답니다

　블랙홀에 빠진 관객에게 누군가 부풀린 음색으로 다가
왔죠 달랑 꼭짓점만 찍어놓은 피라미드 사진을 꺼내 보
였죠 모서리마다 감시 카메라를 걸어둔 채 지상에 닿지
않을 불균형의 변만 늘어놓았죠 그 틈을 탄 오케스트라
단원들은 음표가 사라진 악보를 얼렁뚱땅 넘겼답니다

흔적 4

한 점 뚫어지게 바라보는 물총새
피라미, 동자개, 겹겹이 출렁이는 빛살무늬들
다이빙 선수의 날렵한 자세
순간, 부리를 내리꽂으며
빛의 거울을 첨벙 깨뜨린다
한눈에 바닥까지 내려다보아도
매번 물고길 물고 나오는 건 아니다
부력과 표면장력 버티며 튀어 오르길 여러 번
마침내 동자개 한 마리 덥석 물고
물껍질 박차 날아오른다
청록색 날개에서 떨어지는 유리 조각들
파장은 원을 그리며 번지고
모퉁이로 굽이치는 강물 따라
찌이잇~쯧, 쯧, 쯔, 울며 날아갔다
물총새가 뚫고 나온 강물엔 아무런 흔적이 없다
쟁쟁거리는 울음만 남은 해거름
새가 날아간 쪽으로 천천히 걸어갔다

호박 넝쿨

　고동색 가을이 바지랑대에 걸려 버석거리는 옥탑, 부도 난 생의 자락을 붙들고 저물어가는 하늘만 바라보았다 미닫이문 반쯤 열고 폐암 말기의 아버지가 허공에 노을을 토해내신다

　한순간 뿌리째 뽑힐 위태한 생, 고무 대야에 모종한 호박 넝쿨이 바람이라도 붙잡으려 넝쿨손을 연신 허우적댔다 지탱할 나무 한 그루, 튼튼히 뿌리내릴 땅 한 평 없는 옥탑, 외벽을 타 넘어간 넝쿨손은 뻗으면 뻗을수록 바닥으로 추락했다 한 방울 수분이라도 빨아올리려는 말라비틀어진 줄기, 지상에 뿌리내리기엔 만추의 노을이라도 붙잡아두고 싶었을까 검버섯 핀 손바닥을 저녁 햇살 아래 덕지덕지 내려놓았다 피다가 만 호박꽃은 얇아진 가을빛에 시든 얼굴을 떨어뜨렸다

　넝쿨이라도 붙들고 싶었을 바튼기침 소리, 박명이 덮친 옥탑에 마지막 노을 한 폭 선명하게 남긴 아버지는 끝내 지상으로 내려가셨다

두릅 눈

집행관들이 다녀간 뒤
가재도구 몇 개 챙겨 이사한 처가 동네
계절보다 일찍 눈을 틔운 두릅나무
촉 튼 가지가 바람에 떤다
졸업한 이웃집 아이 옷을 얻어온 아내
빛바래고 낡은 교복
품이 넓어 엄마 옷 같다며
중학교 입학하는 딸아이가 첫날부터 투정이다
두릅 가시마다 맺힌 이슬
아침 햇살 뒤흔드는 바람에 뚝 떨어진다
입학식 마치고 온 아이
교복을 걸 여유도 없었던지 쓰러져 잠이 들었다
세상을 알기도 전에 어깨가 무거워진 걸까
굳은 표정이 고스란히 배어
아무렇게 던져진 흰색 저고리
교복을 가지런히 걸어둔다
꽃샘바람에 두릅 눈이 파르르 떤다

사진 속을 걸어가다

낡은 사진을 전등 불빛 가까이 대보면
앞쪽에서 셔터를 누르신 아버지가 보이는 듯하다
반짝 터진 플래시에
나는 빛을 받으며 세상에 인화되었다
저녁나절에 찍은 아이 사진
방금 내려받은 디지털 사진 속에 나는 없다
이미 앞쪽에서 사진만 찍을 뿐이다
테두리 바깥에서야 보인 아버지
앵글 중앙에 서 있던 어린 내가 지워졌다
포커스를 조절하던 아버지가 사라진 뒤
사진 속에서 천천히 걸어 나왔다
시간을 뒤적이며 꼬박 샌 날엔
아침 햇살이 창문 크기만 한 인화지에
나를 현상하곤 했다

패랭이꽃

'동네 사람들이 큰 애비는 하늘나라 장군이 됐다 칸데이'
전쟁이 끝나고 한참 지난 유년 시절
머리 곱게 빗어 비녀를 꽂으시던 할머니
면사무소에 가는 날
자갈길에 늘어 선 플라타너스가
두툼한 초록빛을 무성히도 흔들어댔습니다
땀이 차올라 벗겨지던 검정 고무신
맨발로 걷다 뒤돌아보면
전장으로 떠난 당신의 아들 대신
흰 구름 몇 장 비켜 지나간 계절만 보였지요
'지천에 터진 패랭이꽃으로 피었나'
막걸리 한 잔이면
어김없이 부르시던 북망산천
면사무소 직원이 내민 노란 봉투 속에는
할머니의 일 년 치 눈물이 들어 있었습니다
플라타너스를 헤아리며 지겹도록 되돌아오던 길
유품 태우는 불길 따라 강을 건너신

할머니는 이제 그 길을 걷지 않으십니다
노잣돈이라도 되는 양
모시 적삼 고쟁이 속 노란 봉투에 남은 천 원짜리 한 장
계절의 틈새로 사위어 올라
패랭이꽃은 예전보다 곱절로 피어났습니다

해설 · 시인의 말

생의 무게를 견디는 연민

고명철   문학평론가, 광운대 교수

시인의 첫 시집을 읽는 일은 여간 곤혹스러운 게 아니다. 첫 시집을 묶는 시인의 경우 대개 아직 이렇다 할 그만의 시 세계가 정립되지 않은 터에 자칫 오독할 가능성이 농후하기 때문이다. 하지만 그렇기 때문에 오히려 첫 시집을 읽는 매혹에 사로잡히곤 한다. '창조적 오독'은 비평이 누릴 수 있는 특권(?)이면서 시인과 더불어 미정형의 시 세계를 다듬어 나가는 데 주요한 역할을 맡기에 그렇다.

우선, 임윤의 다음과 같은 시에서 그만의 독특한 시쓰기를 곰곰 숙고하게 된다.

이란 소금동굴에서 발견된 천오백 년 전 사내, 일그러진 해골 일곱 구멍엔 꼬물거리는 바람이 틀어 앉았다네 단숨에 빠져나온 공기가 음계의 시작이었다지 퇴적층이 그어놓은 오선지 위론 암염의 음표들이 반짝거렸다더군 비음 흥얼거리던 구멍마다

잃어버린 시간들로 넘쳐났겠지 사막으로 내통한 이음매가 풀리
자 비단길에도 피리 소리 흩날렸다 하네 별들은 굽이치던 선율
따라 사구 너머로 곤두박질쳤다나? 그 소리에 놀란 쌍봉낙타
숨구멍이 뻥 뚫렸다더군 신기루를 그려낸 바람의 손가락, 곡선
에 걸린 피리 소리는 그의 비명이었다 하네

　　　　　　　　　—「피리 속으로 사라지다」 전문

　이 시에는 임윤의 시쓰기와 연루된 비의성이 내밀히 간직돼
있다. 임윤이 시를 어떻게 인식하고 있는지, 그리하여 시를 어
떻게 쓰려고 하는지, 그렇게 씌어진 시가 어떠한 미의식을 지녔
으면 하는가에 관한 시적 사유를 우리는 엿볼 수 있다. 시인이
욕망하는 시란, 사막의 오랜 소금동굴에서 발견된 해골 구멍으
로 넘나드는 바람이 자아내는 공명(共鳴)이 비단길에 흩날리면
서 사막의 뭇 존재와 자연스레 어울리며 들려오는 마성(魔聲)이
다. 황량한 사막의 적요를 모래바람과 함께 배회하는 마성은 이
른바 인골적(人骨笛)의 소리인바, 해골의 일곱 개 구멍 사이로 사
막의 바람은 들고나면서 사막 특유의 신비한 소리를 자아낸다.
그것도 무려 "천오백 년"의 시간의 내력을 지닌 채. 시인에게
이 인골적의 소리는 바로 시의 운명으로 다가온 게 아닐까. 육
신을 소멸하여 뼈만 앙상히 남았으되, 그 뼈는 쓸모없는 대상이
아니라 뼈에 난 구멍을 통해 바람과 함께 오묘한 피리 소리를
내는 인골적의 생명을 부여받는다. 따라서 시는 죽음을 초월한
다. 인골적의 소리가 사막의 구석구석에 깃든 적요를 동요시켜
사막의 생을 깨우듯이, 시 또한 인골적과 같은 역할을 기꺼이
맡는다.

임윤 시인의 이러한 시쓰기의 비의성은 이번 시집 곳곳에 녹아들어 있다. 특히 그의 시에 빈번히 등장하는 재소 고려인과 재중 동포 그리고 탈북 이주민의 삶과 현실을 노래한 시편에는 방금 살펴본 인골적의 역할로써 시쓰기의 진정성이 고스란히 스며 있다.

비행기 도착 시간 지나 허겁지겁 달리는 공항길, 회색 구름이 낮게 스민다
아내가 밑반찬으로 보낸 멸치 젓갈
로비에 들어서니 반도 끝자락에서 헤엄쳐 온 낯익은 냄새
싸늘한 주위 시선, 공항 경찰이 다가와 무뚜뚝한 표정으로 말을 건넨다
로비에 퍼지는 지독한 냄새가 마피아의 소행이라 판단되기에 검색 중이란다
멸치 젓갈 담은 유리병이 깨져 손수건으로 입과 코를 막고 사건이 해결되기만 기다리고 있는 사람들
멀찌감치 인파를 헤치며 노파가 다가온다 경상도 어느 바다가 고향이라며 손을 부여잡는다
젓갈 냄새만은 기억하는 노파, 세월 지나도 잊지 못할 보리밥 덩이에 얹어 먹던 곰삭은 젓갈
샛강 거슬러 오를 날 기다리며 지느러미 꺾일 때까지 태생의 냄새 기억할 카레이스키 연어들
—「멸치 젓갈」 전문

레닌 공원이 어둠을 껴입으면

눈이 총총한 삿포로나이트클럽

보드카 홀짝거리는 흑요석이

깜빡깜빡 속눈썹으로 획을 긋는다

이반 레브로프 음악에 맞춰 춤추는

형형색색 회전 조명등

바람둥이 러시안 남편을 떠나

포로나이스크에서 기차를 타고 온

아버지 어머니 발음만 기억하는

올가라는 이름의 카레이스키 여인

유랑의 피가 흐르는 도시에서

그녀는 새까만 집시여인이 된다

병원에 있는 아버지가 쿨럭이고

돌 지난 아이 울음이 귓바퀴에 걸린다

마지막 유목민이 되기 위해

흐느적흐느적 깊어가는 밤

눈동자에 갇힌 어두운 기억 지우려

빙글빙글 춤추는 흑요석 여인

오치 쵸르니예*

　　　　　　　　　　　—「검은 눈동자」 전문

　옛 소련이 붕괴된 이후 '카레이스키'라고 불리는 재소 고려
인들은 예나 지금이나 힘든 삶을 살고 있다. 그들은 스탈린에
의해 연해주에서 중앙아시아로 강제 이주(1937)당하는 과정에서
지옥과 다를 바 없는 현실을 견뎌왔다. 그리고 그들이 연해주에

남아 있는 경우에도 백계 러시아 민족으로부터 인종주의와 민족주의가 결합된 온갖 차별과 궁핍한 삶으로부터 자유로울 수 없었다. 더욱이 그들은 조국으로 돌아갈 수 없었다. 낯선 타국에서 소수 민족의 하나로 전락한 가운데 때가 되면 "샛강 거슬러 오를 날 기다리며 지느러미 꺾일 때까지 태생의 냄새 기억할 카레이스키 연어들"을 기다리며 "마지막 유목민"으로서 강퍅한 그들 자신의 삶을 구슬프게 위무할 뿐이다. 임윤 시인은 이들 재소 고려인의 삶에 깃든 먹먹한 슬픔과 정한(情恨)의 세계를 그윽이 응시한다. 기실 시인이 그들의 내면에 드리운 슬픔과 그리움의 정서를 진정으로 이해하는 데에는 시인 자신이 조국을 떠나 먼 타향에서 조국을 애타게 그리워하며, 무엇인가로부터 소외된 채 생의 난바다를 떠돌고 있다는 자조감(自嘲感)으로 괴로워하기 때문이다.

오호츠크 바다에 검은 빛이 번지고 자이로스코프에서 노려보는 태풍의 외눈, 선창엔 박명을 등진 거친 파도가 울부짖습니다
짧은 포물선 긋는 태양의 궤도에 섬을 돌고 도는 되새김질의 나날
툰드라의 바람에 자작나무 비벼대는 소리 바삭바삭 들려옵니다
구불구불 등뼈 드러낸 수평선, 포말들이 묵언으로 달팽이관 후벼대는 밤이면 허기진 생의 기억만이 난바다를 뒤적거렸지요
롤링 리듬 타고 일렁대는 선실의 등불, 생은 늘 기울어졌다 흔들리길 반복하는 것, 비척비척 지느러밀 파닥여봅니다
연어는 보이지 않고 중심을 잡으려 할수록 더욱 비틀거렸습니다
—「난바다에 출렁이는 눈동자」 부분

차디찬 북해의 사할린에서 연어 사업을 한 이력이 있는 시인에게 바다는 말 그대로 '생의 난바다'였다. 그곳에서 그는 부푼 꿈을 갖고 새로운 삶을 향한 의지로 온갖 고초를 견뎠다. 시베리아 벌판으로부터 불어오는 매서운 툰드라의 바람을 이겨내면서 연어 사업에 한창이었다. 하지만 "연어는 보이지 않고 중심을 잡으려 할수록 더욱 비틀거렸"다. 삶은 어디에서든지 만만하지 않은 것이다. 때로는 극심한 외로움과 고립감이 밀려들어 시베리아 벌판을 가로지르는 대륙 횡단열차에 무작정 몸을 실어보지만(「겨울 하바롭스크」), '생의 난바다'의 사위에 에워싸인 자신의 냉엄한 현실을 목도할 수밖에 없다. 그럴 때마다 시인은 뭇 존재의 생을 성찰한다. 과연, 삶이란 무엇인가.

킹크라비를 마당에 풀어놓았네
빛이 들지 않는 오호츠크 심해
지독한 수압을 견디며 살아온 그가
지상에 닿아 헐거워진 걸음 절룩거리네
부풀어 오를 듯 가벼운
툭, 긴장이 끊어진 기압
엉금엉금 다니는 모습이 영락없는 거북이네
해저에서 짓누르던 생의 무게였다면
날렵한 몸놀림으로 어디든 돌아다닐까
그가 되돌아 갈 곳은
관절에 조여드는 수압이 짓누르는 곳
무미건조한 가을빛은 슬프네
펄펄 끓는 솥단지에

팍팍하게 늘어진 주먹만 한 집게발

발갛게 익어가는 몸 위로

자작나무에서 떨어져 쌓이는 바람

딱딱하게 돋은 가시에 찔려

까마귀 울음 한 올 팔랑거리는 사할린의 늦가을

다리에 달라붙은 이파리가

지상에 남길 마지막 무게인가

까마귀 울음에도 날려갈 것만 같은

생의 껍데기는 너무나 가볍다

　　　　　　　　　　　　__「풀밭을 기는 킹크라비」 전문

　　오호츠크 심해에서 엄청난 수압을 온몸으로 견뎌내며 살고
있는 킹크라비는 심해에서 생을 유지할 때 최적의 삶의 무게를
지닌다. "해저에서 짓누르던 생의 무게"가 있어야만, 킹크라비
는 "날렵한 몸놀림으로 어디든 돌아다닐" 수 있다. 그것이 바로
킹크라비의 삶이다. 그 누구도 킹크라비의 삶이 힘들다고 그 삶
을 멸시할 수 없다. 존재들은 제 나름대로 생의 무게를 지닌 채
그 무게에 적합한 삶을 충실히 살면 되는 것이다. 그 어떠한 존
재도 삶을 종결지을 때는 그가 짊어지고 있던 "생의 껍데기는
너무나 가볍"다. 삶은 그래서 간단히 파악될 수 없다. 가령, 재
중 동포의 삶의 내력을 잠시 귀기울여보자.

기차 바퀴는 눈보라 가르며 절룩댔다

먹먹한 가슴 덜컹대며

압록강 혈류 따라

구불구불 닿은 이도백하
어스름에 몇 남은 봉창의 등불에 이끌려
조선족 식당이란 미닫이를 민다
집 나간 한족 며느리 대신
어눌한 모국어 발음의 손녀딸이 음식을 나른다
된장찌개가 반갑고
짜디짠 김치가 달다
노파는 서울 종로에서 태어났지만
젖먹이 때 만주로 이주해온 뒤
한 번도 가보질 못했단다
서울 어디선가 막노동한다는
아들 소식은 묘연하단다
키보다 한 뼘쯤 짧은 뒷방에 누우니
맨발이 문턱에 걸린다
새우등으로 웅크린 이도백하의 겨울밤
소나무에 소복한 컹컹 개 짖는 소리
우지직 부러지는 가지에 관절이 시리다
눈발에 묻어온 차가운 얼굴들이
밤새도록 봉창으로 날아들었다
　　　　　　　　　—「이도백하에 내리는 눈」 전문

　이도백하의 겨울밤, 조선족 식당의 풍경이 소담하게 그려져
있다. 그런데 이 조선족 식당의 풍경에는 묵직한 사연이 가라앉
아 있어 누군가에게 그 사연을 들려주고 싶다. 식당을 운영하고
있는 노파는 오래전 만주로 이주해온 역사적 고통을 간직하고

있다. 서울 종로에서 태어난 노파가 만주로 이주해온 직접적 이
유는 알 수 없으나, 우리는 노파와 비슷한 처지에 있던 사람들
이 만주로 이주해갈 수밖에 없는 역사적 애환을 쉽게 망각해서
는 곤란하다. 모르긴 모르되, 노파네 가족 역시 일본 제국주의
의 식민지 억압에 못 이겨 '만주특수(滿洲特需)'란 미명 아래 조
국을 떠나 황량한 만주 지역으로 떠났을 것이다. 그리고 그곳에
정착하여 억척스레 삶을 일궈나갔을 터이다. 하지만 노파의 한
족(漢族) 며느리는 딸을 남겨둔 채 가출을 하였고, 가세가 기울자
노파의 아들은 한국에서 외국인 이주노동자의 신분으로 "서울
어디선가 막노동"을 하고 있을 것이다. 이렇게 노파의 만주에서
의 내력은 애틋한 것을 넘어 삶의 뼈저린 고통으로만 부각될 따
름이다. 이 삶의 내력이 어찌 노파에게만 해당되겠는가.

임윤 시인의 재중 동포에 대한 관심은 한국에서 디아스포라
의 삶을 살고 있는 재중 동포에까지 미친다. 그가 조국을 떠나
타지에서 절절히 체험한 그리움과 외로움의 심상은 재중 동포
의 그것과 다를 바 없기 때문이다.

한국에 온 지 이십여 년
창경원 벚꽃이 펑펑 터지는 날
봉천동에서 회갑 맞이한 박 씨
막노동으로 굵어진 손마디가 옹골지다
수년 째 식당에 다니는 아내와
칭다오에서 동생 내외 까지 합석한 아침
환갑은 무슨 환갑이냐며 손사래 친다
이른 아침 흑룡강성에서 걸려온 여동생 전화

전화세 나온다며 급히 끊어버려

못내 가슴이 아리다

음지 곳곳에 얼음이 녹아내릴 고향 집

이미 수 해 전에 죽었을

복술이의 새까만 코가 보고 싶다

막소주 받아 든 손가락에서

터질 듯 물오른 수양버들 피어나고

아직 찬바람에 후들거릴

겹겹이 감싼 봉창을 그려본다

황사에 묻어온 만주 냄새

겨우내 버석거리던 볏짚 소리

봉천동 꼭대기에서 내려다본 바깥

활짝 튕겨 온 꽃잎이 바람에 날려도

서울은 아직 눈이 시리다

흙먼지에 가려 보이질 않는다

—「황사」 전문

　한국에서 외국인 이주노동자로 막노동을 하며 서서히 뿌리를 내린 "봉천동에서 회갑 맞이한 박 씨"는 고향이 그립기만 하다. 비록 황사에 가려 고향을 느껴볼 엄두도 내지 못하지만, 박 씨는 "황사에 묻어온 만주 냄새"에 "못내 가슴이 아리"기만 하다. 아직 박 씨는 고향으로 돌아갈 수 없는 것이다. 경제적 궁핍을 해결하기 위해 디아스포라의 삶을 살기를 결단한 만큼 그는 디아스포라적 삶의 무게를 견뎌야 한다.
　그런데 임윤의 이번 시집에서 쉽게 간과할 수 없는 것은 탈북 이주민이 견뎌내기에는 이와 같은 삶의 무게가 너무나 무겁다는 사실이다. 그동안 탈북 이주민의 삶을 다룬 시들이 여러 시인들에 의해 발표되었고, 그 시들을 통해 휴전선 이북에서 살고 있는 주민들의 가혹한 삶의 현실이 드러났다. 그럼에도 불구하고 임윤의 이번 탈북 이주민을 대상으로 한 시가 주목되는 것은 북한과 중국의 국경선을 넘는 현장에서 벌어지고 있는 국경의 애환을 포착하고 있다는 점이다.

두만강 푸른 물은 어디로 갔나 정강이 잡아끄는 황토물 건너 가물거리는 민가 몇 채

노 젓던 뱃사공은 어디로 갔나 저녁노을 철썩대는 갈대숲의 저녁연기

국경 넘어온 사람들은 어디로 갔나 오지로 팔려 간 여인은 여섯 달 만에 더 먼 북쪽으로 팔려 갔다네

강을 건너온 군홧발자국들은 무슨 짓을 했나 물고기 꿰듯 쇠꼬챙이에 줄줄이 엮인 사람들, 내 님을 싣고 떠난 배처럼 되돌아간 저편으로 사라지고 없네

북쪽으로 팔려 갔던 여인은 되놈 아이를 가졌다고, 군홧발에 채여 만삭인 배 움켜 쓰러지고 말았네

민둥산 넘은 아이들이 강을 건너오네 잔뜩 겁먹은 눈망울 두리번거리네 젖은 바짓가랑이 움켜쥐고 무작정 대륙으로 뛰어가네 연보랏빛 제비꽃은 지천으로 피었는데

두만강 푸른 물을 다시 볼 수 있을까 내 님을 싣고 떠난 배는 언제나 올까 떠다니는 뗏목들만 경계가 지워진 국경을 넘나드는데

139

그리운 내 님이여

출렁이는 내 님이여

　　　　　　　　＿「두만강 푸른 침묵에」전문

　　중국과 인접해 있는 두만강 국경선에서는 중국으로 은밀히 월경(越境)하고자 하는 탈북 이주민의 행렬이 끊이질 않는다. 그런데 그 월경의 현장에서는 차마 눈 뜨고 못 볼 일이 비일비재하게 일어나고 있다. 어떻게 해서든지 안간힘을 써서 강을 넘은 사람들은 국경 수비대원들에게 체포된 채 반인권적 모멸감과 폭력을 감내하면서 다시 북한으로 회송된다. 운이 좋아 월경에 성공한 탈북 이주민들은 중국의 오지로 팔려나간 채 그곳에서 고통스러운 삶의 무게를 떠맡는다. 이러한 삶의 실상을 아는지, 북한의 "민둥산 넘은 아이들"은 "무작정 대륙으로 뛰어"간다. 이제 두만강은 더 이상 대중의 심금을 울리는 대중가요의 노랫말에서 환기되듯, 그리운 님을 목매어 부르며 애틋한 사랑을 뒤로하는 그런 낭만의 시적 공간이 결코 아니다. 그 대신 처절한 삶의 결단과 삶의 기로에 선 자들의 운명이 판가름 나는 싸늘한 생존의 시적 공간으로 시인에게 다가온다.

　　여기서 우리는 남과 북의 분단 현실을 환기하되, 이 분단의 경계를 단숨에 허물어버릴 수 있는 또 다른 풍경을 만나게 된다.

　　커피포트가 자글자글 가쁜 숨을 뿜을 때 공구를 빌리러 온 낯익은 얼굴, 평양 태생인 박 씨의 사투리가 문을 두드린다

　　월급 삼십 달러, 아껴 모으면 가족들이 몇 년은 먹고산단다

　　가끔 탈출을 시도하는 시베리아 벌목꾼보단 사할린에 온 것이

다행이란다

"통일 이래 금방 되갔시요?"

먹먹한 눈길 피해 바라본 창밖, 자작나무 숲에서 까마귀가 날
아오른다

까마귀도 고향 까마귀라 했던가 코르사코프 항 남쪽으로 날
아가는 까마귀들이 낯설지 않다

끓는 물 붓고 오 분 후 먹으면 된다고 내민 컵라면

"일없습네다 마거딘 가면 국수래 많이 있디요"

아직 라면 없는 곳이 너무나 많은 조선 팔도, 처음 봄 직한 컵
라면을 한사코 사양한다

줄기차던 빗속에서 서쪽 하늘이 내민 말간 얼굴

연어 찌꺼기 노리는 고양이가 등 세워 빗물을 털고 덩달아 까
마귀들이 발톱 세우고 부리 들이대며 야단법석이다

공장 바닥에 배달 온 밥을 먹는 박 씨 일행, 커다란 양푼에 야
채를 썰어 넣고 소금 간 맞춘 푸성귀 냉국을 둘러앉았다 최 씨
편으로 김치와 멸치볶음을 보냈다

"남조선 동무래 주는 건 안 먹갔시요"

뚜껑도 열지 않고 되돌아온 밑반찬

"최 형이 주는 거라 하세요"

건너편 스팀공장에서 뿜어대는 수증기, 바람에 날려드는 생
의 후각인가 낮은 자세로 바닥을 쿵쿵대며 사라진다

먹구름의 기세에 밀린 까마귀들이 미동도 하지 않는 오후, 사
무실 문을 머뭇머뭇 두드린 박 씨

"찬새래 잘 먹았시요"

씩 웃으며 내려놓은 반찬통엔 거친 억양의 평안도 사투리가
꾹꾹 눌려 담겨 있다
돌아서는 등짝에 후두둑 떨어지는 장대비, 호들갑 떠는 까마
귀 울음에 멀대같이 웃자란 풀들이 휘청거린다

                                        —「우리들의 대화법」 부분

대한민국의 이주노동자와 조선민주주의인민공화국의 이주
노동자가 사할린의 노동 현장에서 대화를 나눈다. 그들 모두는
조국을 떠나 타국으로 이주한 노동자라는 점에서는 입장이 동
일하다. 문제는 그들 '사이'에는 오랫동안 대립과 갈등으로 점
철된 분단의 경계가 가로놓여 있다는 것이다. 이 분단의 경계는
간식과 찬을 나눠 먹는 노동자의 일상에서도 그 권능(?)을 발휘
한다.
하지만 이 경계를 단숨에 허물어버린 것은 타지에서 일하는
'노동자'로서, 달리 말해 그들 사이의 간극을 훌쩍 넘어 '외국
인 (이주)노동자'로서의 연민을 공유하는 연대감이다. 분단의 경
계는 이렇게 와해되는 것이다. 대한민국과 조선민주주의인민공
화국 '사이'에 대립·갈등하며 확정된 경계를 허무는 일은 이렇
게 서로의 입장을 이해하는 과정에서 생성되는 연민에 기반한
사회적 연대감이 남과 북의 일상으로 축적되면서 이뤄지는 것
이다.
이 '연민'의 시적 감정은 임윤 시인의 첫 시집을 관류하고
있다 해도 과언이 아니다. 사할린과 중국의 변방으로 떠돈 임윤
시인이 마주한 사람들과 여러 사연들 사이에서 발견한 '연민'이
야말로 이후 그의 또 다른 생의 무게를 견디는 시적 상상력의

원천으로 손색이 없을 터이다. 벌써부터 기대된다. 다음 시집에
서는 어떤 생의 무게를 어떠한 시적 내공으로 형상화할까.

국적이 다르지만 같은 언어를 사용하며 살아가는 사람들.

같은 땅, 같은 언어로도 소통되지 못하는 사람들.

그들이 걸어온 길 혹은 걸어갈 길을 아는 건 바람뿐이리라.

한반도 주변국을 여러 해 돌아다니면서 만났던 얼굴들이 새삼 떠오른다.

그들은 지금 어디쯤 가고 있으며 나는 또 어디로 갈 것인가.

어디에서든 정착하길 바라며 부끄럽게도 첫 시집을 세상에 내보낸다.

2011년 가을, 바람 앞에서 임윤